妖怪旅館營業中 十二

在天神屋的四季流轉

友麻碧

輕文學
Light Literature

目錄

第一話 四月～埋藏於櫻花樹下的寶物～……007
第二話 五月～蘆筍與竹筍的夫妻吵架～……021
第三話 六月～納豆吐司與竊賊～……033
第四話 七月～隱世首度的珍珠熱潮～……051
第五話 八月～天神屋靈異事件～……069
第六話 九月～奇異藥房的妖怪們～……084
第七話 十月～傳聞中的美女～……096
第八話 十一月～來自大海另一端的兄弟～……110
第九話 十二月～朱門天狗家務事～……123
第十話 一月～新年～……135
第十一話 二月～從北國捎來的禮物～……149
第十二話 三月～致律子夫人～……165
特典小說『妖怪旅館、麵包與遺失物』……185
後記……229

妖怪旅館營業中

登場人物介紹

天神屋

座落於妖魔鬼怪所棲息的世界——「隱世」東北方的老字號旅館。在鬼神的統率之下，眾多妖怪攜手打造出熱絡繁榮的住宿空間。偶爾也會有人類房客入住。

大老闆

在隱世老字號旅館「天神屋」擔任大老闆的鬼神，集眾多妖怪之景仰於一身。曾試圖納葵為妻，卻從不表露自己的內心情感，默默在旁守護她的一舉一動。

津場木葵

因為已故祖父所欠下的債務而成為擔保品，被擄來「天神屋」的女大學生。拒絕接受與大老闆的婚約，運用自豪的廚藝開始經營名為「夕顏」的食堂。

借宿妖怪旅館，歡度一夜良宵。

——津場木史郎

雪女

女二掌櫃 阿涼

土蜘蛛

大掌櫃 曉

九尾狐妖

小老闆 銀次

鎌鼬

庭園師 佐助

濡女

溫泉師 靜奈

白澤

會計長 白夜

千年土龍

開發部長 砂樂

鬼火

小愛

一反木綿

大掌櫃 反之介

手鞠河童

小不點

折尾屋

位於南方大地的人氣旅館，坐擁豐富的臨海觀光資源。

狛犬

大老闆 亂丸

白鶴童子

黑鶴童子

料理長 明、戒

猴妖

小老闆 秀吉

火鼠

女二掌櫃 寧寧

送行犬

宣傳部長

信長

朱門山

位於隱世東方大地，天狗一族的大本營。

天狗

葉鳥

妖都

隱世的政治中心，也是妖王家與貴族的居住地。

妖王家

縫陰

妖王家

律子

冰里城、其他

天神屋的老主顧。

狸妖

春日

冰人族

清

狸妖

千秋

絵：Laruha

我叫津場木葵。

而這個名為「隱世」的地方，是眾多妖怪所棲息的世界。

我正在隱世內某處專為妖怪服務的旅館「天神屋」裡，背負著「實習女掌櫃」這匪夷所思的職稱。

原因在於，我已嫁作天神屋負責人「大老闆」之妻。不過由於諸多原因，我們目前尚未正式舉辦婚禮。

我原本在天神屋中庭的別館內，負責經營一間名為「夕顏」的小食堂。會開設這間餐館，起初是為了替我的祖父——津場木史郎償還他向天神屋欠下的一屁股債。現在債務問題已告一段落，目前改為每週固定營業一日的預約制餐館。

過去在夕顏一心埋首於料理的我，現在多了些其他工作。我必須出面參與天神屋各種事務、規劃節慶特殊活動，並且支援各部門雜務等等。此外，還需要遠赴隱世各地，打造地方特色料理與土產伴手禮等企劃。

以下是我與天神屋的眾夥伴所共度的十二個月日常紀實。

第一話

四月～埋藏於櫻花樹下的寶物～

櫻花綻放的時分到來。這也是我的祖父津場木史郎生前最討厭的季節。

雖然不知道他目前身處天堂或是地獄，但依照爺爺的性格，想必在另一個世界看見櫻花仍會露出滿面愁容吧。

櫻花確實美麗動人。

但每當我看著淡麗的花朵在春日彩霞中搖曳的身影，內心有時也會萌生一股莫名的寂寥。

是因為這個季節勾起相遇與離別的回憶嗎？

抑或是因為凋零的花瓣太過虛無縹緲呢？

在這種奇怪的點上，我跟爺爺有時候十分相似。

○

櫻花花瓣伴隨著春風飄進了外廊。

「葵，妳看得見那座山頂上的櫻樹嗎？」

此時的我，正來到鬼神大老闆的房裡拿便當盒。

當大老闆忙於處理公務之時，就會委託我幫忙準備便當。話說他對便當有莫名的熱愛，特別鍾情於煎雞蛋捲。順帶一提，今天的雞蛋捲是加了高湯與明太子的口味。

我一邊用手壓住被風吹亂的頭髮，一邊望向大老闆所指的方向。

「看得到。是那棵特別巨大的櫻樹對吧。」

「其實那座櫻樹底下呀，埋著某樣東西喔。」

「該不會是屍體之類的吧。」

「咦？怎麼可能啊！葵，妳的發言還真驚悚耶。」

「……」

大老闆認真被我嚇到，甚至有點害怕。

畢竟他是隱世裡的鬼，這種來自現世的幽默對他似乎不太管用。重點是他自己身為鬼耶，拜託。別為了屍體這種字眼而嚇個半死好嗎？

「所以，那底下到底埋了什麼？」

「史郎過去所藏匿的寶物。」

「咦？寶物？」

爺爺真是的，是被隱世的討債公司追債嗎？

或者，該不會是從什麼大人物手中偷來的東西吧？依照爺爺的為人，不無可能。

「決定了！不然我們現在就去把那寶物挖出來吧，早點揭曉答案，以免未來夜長夢多。」

「葵還真是氣魄十足啊。我就知道妳會這麼說，所以早有準備。」

大老闆從壁櫥裡拿出鋤頭與鏟子。

為什麼這兩樣東西會出現在壁櫥裡啊……

接著他連天神屋的外褂都沒披上，直接以一身輕便造型踩著輕快步伐走出房間。

我見狀便追了上去。

「欸等等，你的工作不要緊嗎？」

「無妨。我本來就正打算休息一下，順便活動活動筋骨。」

一頭黑髮與深紅色雙眸，頭上頂著鬼族特有的尖角。身為翩翩美男子的大老闆，如今已不見初相遇時那種冷酷無情的鬼神本色。

前往現世的通行限制鬆綁後，隱世正迎接轉捩點。在這局勢中，大老闆仍保有原先柔和中帶點脫線的性格，散發出平靜祥和的氣場。

因為某些身不由己的理由，他的壽命若以一般的妖怪為標準，所剩的時日短得可憐。

但跟身為人類的我相比，他大概還是能活得更久。

懷抱這些隱憂的同時，他似乎仍為了天神屋這間旅館的未來，不斷思考著自己該如何盡一份心力。

一抵達山頂，便看見巨大的櫻樹簡直像一把遮天的大傘，居高臨下地俯視著我們。

不過，還真是奇怪了。

隱世的妖怪們明明最喜歡飲酒賞花作樂，這裡卻冷冷清清。

「因為呢，這棵櫻樹有個傳說。聽說它會獵食眾多妖怪並且吸取他們的血作為養分，所以才如此茁壯。」

「那『櫻花樹下埋著屍體』這句話也並不全然是空穴來風囉？」

「真的耶！仔細一想確實如此。葵真是天才！」

「……」

與他這種天然性格相處久了，有時候覺得自己也變得異想天開。

大老闆明明是隻鬼，卻有相當嚴重的天然呆。自從經歷過上次事件，天神屋上下齊心協力將被囚禁於宮中的他解救出來後，感覺他那脫線的性格越來越顯著了。

該說是壓力一口氣釋放後的副作用嗎？

還是他終於能卸下肩上的重擔了呢？

「唉──說起來，你幹嘛帶老婆來這種危險地方啊。」

「可是葵妳是人類啊？管他什麼櫻樹妖怪，在妳面前也只是一棵普通的樹木。」

「……為什麼講得好像我這個人類比妖怪還強多了一樣。」

我可不能繼續陪他裝瘋賣傻了。

當務之急是挖出爺爺埋在這裡的寶物，根絕一切有可能在未來萌芽的憂患。畢竟他可是死後仍留名於隱世的亂源。

光是因為「津場木史郎的孫女」這身分，至今已不知害我被捲入多少麻煩事中。

折騰了一番之後，我與大老闆綁好束袖帶，開始一股勁地朝櫻樹根部開挖，弄得滿身塵土。

「呼～～挖半天還是什麼都沒找到耶……這裡真的埋著爺爺的寶物嗎？」

爺爺在隱世各地幹盡壞事而惡名昭彰，據說得手的財寶數目也非比尋常。

原本滿心期待著能挖到什麼寶，結果一無所獲的我們只是白費力氣。

「寶物埋在更深的地方。好，到此先稍作休息吧。其實我帶了點心過來。」

「什麼？點心？」

大老闆已早早進入休息模式。

他坐在櫻樹底下，不知從哪取出了一只用手巾包起來的包袱，並將其打開。

「呃，那是！我今天早上做的酥條！」

大老闆得意洋洋地向我獻寶。

由夕顏主辦的春日麵包祭昨天才剛落幕，這些酥條就是用活動剩下的麵包所製成的。

他到底何時從夕顏店裡把這些東西摸走的？

「唉，算了，反正我本來就打算趁早消化完。而且我現在也餓了。」

「酥酥脆脆的口感真美味，好像砂糖作的乾菓子一樣。」
「畢竟灑滿了糖粉啊。吃太多可會發胖的喔。」
「沒問題，就是為了多吃點才跑來挖洞的。」
「真是的。」
我用附近的泉水洗好手，順道取了一些要喝的份。這裡的水質清澈，直接拿來飲用都沒問題。
興沖沖地折返後，我便乖乖地一屁股坐在大老闆旁邊，一起吃起酥條。
酥條的原料來自吐司、巧克力大理石麵包與丹麥麵包等，有塗了蒜味奶油的口味，也有不甜的法式長棍款。我津津有味地挑選著各種口味來品嘗。
大老闆最中意的是拌入抹茶與紅豆的麵包所製成的酥條。
日式風味的確是隱世妖怪的心頭好，這款麵包在本次春日麵包祭上也特別受到歡迎。
至於其他人氣出眾的品項，吐司也名列其中。
最近現世似乎流行起添加鮮奶油的生吐司，後來我們也決定在店裡挑戰製作。
一部分也是因為我們正好與盛產乳製品的北方大地結為友盟，獲得穩定的鮮奶油供應源。使用產自北方大地的鮮奶油所製成的生吐司，口感濕潤又充滿彈性，同時帶著一股香甜滋味，似乎讓最近已徹底適應麵包文化的隱世妖怪也為之震撼。
我內心燃起熊熊的鬥志，心想著這款生吐司一定要由天神屋來發揚光大。

「啊，你看，是天神丸耶！」

從山頂這裡能清楚看見座落於鬼門大地中心的天神屋，我們目睹了隸屬於旅館的空中飛船正駛進泊船口停靠的景象。

「那是銀次出發時搭乘的班次呢。」

「也就是說，銀次先生從南方大地回來囉！」

他離開天神屋約莫有兩週之久了。

銀次先生也就是天神屋的小老闆……不，現在他已是位階更高的「二老闆」；而接任小老闆一職的則是原本擔任大掌櫃的曉。

銀次先生以天神屋的二老闆身分往返於南方、北方大地等友邦，籌辦合作企劃，並設計配套的空中飛船觀光方案。因此，他不在天神屋的時間也變得越來越多。

得知他歸來的消息，讓我喜出望外。

「哼，每當銀次回來，葵妳總是樂得像個孩子似的。」

「怎麼啦？大老闆，你在吃醋嗎？」

「沒有啊。」

大老闆一臉悶悶不樂地咬著酥條。

這也不能怪我嘛，大老闆。

銀次先生打從我初來到隱世，還懵懂無知之時，就與我一路經營夕顏至今，是我獨一無二的莫逆之交。

「銀次現在也成為獨當一面的二老闆，最近已能落落大方地應付各種場面，並且做出亮眼的成績。令我不禁把各種大小工作都託付給他處理呢。我害他忙過頭了，必須找時間讓他好好休個假才行。」

「畢竟大老闆現在幾乎處於退休狀態呢……」

不，大老闆也並非完全放下工作，只是最近退居幕後。需要拋頭露面的場合，就派二老闆銀次先生上陣。

簡直就像黃金童子大人與亂丸過往經營南方大地的方式。

「我也很努力跑現世洽商啊。畢竟隱世這個世界太過狹小，無可奈何之下只能依賴現世的門路與新事物……來尋求各種可能性。」

「也對，這是非常重要的嘗試呢。」

沒錯，大老闆目前正不遺餘力地投入於藥劑的開發與改良，以淨化沉睡隱世地底的邪氣。

因為他明白，若未來有一天這些邪氣外洩至地表上，隱世中能供妖怪棲身之處將變得有限，最終會引發爭地之亂。

為了找尋研發藥劑所必需的原料，大老闆不時會從隱世前往現世。

正如他所說，隱世是個彈丸之地。

若用面積來形容，約莫只有日本九州那麼丁點大。

從這方面來看，我過去所居住的現世則廣闊多了，物產也相對豐富，文明與技術的發展也優於隱世。

大老闆似乎認為，或許現世某處仍有新東西等著他去發現。

「下一趟現世出差就在下週，葵也要同行嗎？」

「嗯……真猶豫耶，畢竟大老闆要外出的話，我會不放心夕顏跟天神屋。」

「那不然乾脆找時間放個長假，讓天神屋全體一起去現世吧，也就是所謂的員工旅行。我一直很想舉辦看看。」

「咦？這樣的話我倒是很有興趣呢。有天神屋的大家同行，肯定能玩得很開心！」

這項提議令我興致勃勃。

過去的通行限制如今已經鬆綁，隱世與現世的妖怪也能以比過往更實惠的價格，自由往來於異界之間。

在天神屋的風波平息後，我也回歸現世大學生的身分，完成了大學學業。在那之後也回去津場木一族的老家一趟，報備我與大老闆的婚事以及關於爺爺的事情。因為我在年幼時曾被爺爺帶來老家，僅僅打過一次照面。

詳情我了解得不多，不過津場木家似乎原本就是以降妖除魔維生的驅魔師世家。

聽說爺爺從小也受到相關栽培，以成為一位出色的驅魔師。

他好像熟知各種驅除妖怪的法術。

不知道是不是類似「惡靈退散！」那種招式？

「好了！別再磨磨蹭蹭，該繼續開挖了。一想起爺爺的事情，害我都開始不安了。不知道這裡到底埋了什麼東西。」

「噢噢，葵還真是幹勁十足呢。」

見我站起身拍掉麵包屑，大老闆的神色看起來悠然自得。

如果你也能拿出幹勁是最好不過了——我把這句話吞回肚子裡，重新拿起鏟子挖掘櫻樹根部。

然而，才剛重啟作業的我馬上就發現了目標物。

「這是什麼啊？」

表面漆成黑色，看起來很氣派的一個方盒子。

雖然沾滿泥土且微微被水浸濕，但這盒子似乎很堅固，完好地深埋於其中。

「應該不會一打開就冒出陣陣濃煙，然後我們兩個就變成老爺爺老奶奶之類吧？」

「又不是浦島太郎的寶盒。」

「原來你知道浦島太郎喔，大老闆。」

我吞了一口口水，做好心理準備後，嘗試打開盒子。

「咦？照片？」

裡面裝著厚厚一疊的老照片。

其中包含了爺爺從幼年乃至封存這些照片的時間點——約莫是中年時期以前的各種留影。從黑白到彩色照片一應俱全。

「啊哈！原來如此。」

「什麼原來如此？」

「史郎想必是把自己大多數的照片全埋藏在這裡，以避免被別人拿來下咒之類的吧。不過，用照片下咒是人類的做法。」

「喔喔，原來是這麼一回事。但對爺爺懷恨在心的仇家之中也不乏人類喔，應該說非常多。」

「哈哈哈！我想也是，無庸置疑。他或許是認為，藏在這個隱世妖怪鮮少前來的地點最安全。」

不過還是令人無語，而且有點失望。

但這些映著故人身影的照片勾起我的好奇心，我伸手拿起其中一張認真地端詳。

這似乎是在爺爺還小時所拍攝的全家福。

雖然照片的色彩已經褪去許多，仍能看見上頭映著幾位大人與小孩身穿氣派和服的留影。拍攝地點就在我曾拜訪過的津場木家大門口前。

而且爺爺臉上還浮現令人熟悉的可惡笑容，讓我馬上就從眾多小孩中認出他。明明還是個十歲左右的孩子，從當時就已經奠定了往後的基礎呢。

「真可惜不是寶藏啊，葵。」

「沒差啦。至少不是什麼燙手山芋，我個人倒是鬆了一口氣。而且……爺爺的照片有幾張也不嫌多嘛。」

「呵呵，這樣啊。」

「大老闆，其實你早就知道這裡埋的是照片嗎？」

「沒有啊？我不知情耶？」

真是的，還在那邊裝傻……

我捧起那個盒子，決定把它帶回去。

爺爺的照片我自己手邊就有，而且天神屋地底那間屬於黃金童子大人的密室裡也有存放。

但從兒時的照片乃至日常隨手的留影都保存了這麼多下來，老實說挺開心的。

雖然平常對爺爺百般埋怨，但他仍是我摯愛的家人，而我也是個最黏他的孫女。

今晚就把這些照片好好看過一輪，邊懷念爺爺邊入睡吧。

如果能接著在夢裡與他相會，那就更好了。

「銀次先生，你回來啦！」

一回到天神屋，便發現銀次先生人在櫃檯。

他穿著天神屋專屬長版外褂的那副架勢，彷彿比過往擔任小老闆時，還要更加神采飛揚。

「啊，葵小姐！還有大老闆！我回來了。」

然而他低頭行禮的恭敬模樣，無疑仍是以往那個謙遜有禮的銀次先生。

銀色的狐耳與九尾也一如既往地健在。

「我有幫兩位帶紀念品回來喲。」

雙眼發亮的銀次先生從懷裡掏出某樣東西，展示給我看。

「鏘鏘～～這是夕顏與南方大地合作研發，利用當地盛產的芒果所製作而成的『芒果咖哩調理包』！」

「哇～～總算問世了嗎！」

這是我們耗費近一年時間所投入開發的商品──調理包形式的芒果咖哩。

夕顏曾經在南方大地舉辦過幾次快閃店，那時利用當地產的芒果所製作的咖哩大受好評，接收到許多「希望能隨時吃到」的意見。

由於我也無法三天兩頭往南方大地跑，在銀次先生一句「既然是咖哩，不如乾脆嘗試開發調理包商品」的提議之下，這項企劃隨之誕生。

咖哩調理包的加工製程，就委託加工產業發達的北方大地冰里城進行。這項商品可說是集結三大同盟地區所聯手開發出的究極之作。

總算盼到產品大功告成，我也雀躍不已。

「事不宜遲，請立刻嘗嘗味道吧，葵小姐。」

「嗯嗯。這就去夕顏煮鍋飯來進行試吃吧，銀次先生！」

「什麼嘛，葵。明明當初說好了要讓我當第一位試吃員的……」

「好啦好啦，大老闆你別鬧脾氣了。最先上桌的第一盤給你就是了。」

「話說兩位怎麼滿身塵土，彷彿剛去田裡幹完活一樣？」

就這樣，我、大老闆與銀次先生一同向夕顏走去。

如今仍覺得，身旁有他們兩人相伴是最讓我心安的時刻。

這是我們「全力以赴」之後所留下的平凡故事。

然而，這份努力與這段故事，目前仍是現在進行式。

就在這間天神屋內繼續上演著。

第二話 五月～蘆筍與竹筍的夫妻吵架～

說到五月的當季食材，那就是竹筍了。

天神屋裡有座後山，山上有片寬廣的竹林。每年來到這個季節，就能免費得到大量的竹筍。

因此，最近在夕顏已經連續好幾天煮了大量的竹筍飯，這同時也是深受妖怪喜愛的一道主食。店裡的套餐可以選擇要搭配白飯或是竹筍飯。

今天夕顏並未開門營業，但我仍會每天在店內為天神屋的員工張羅伙食。

這天小鐮鼬們也按照慣例，替我從旅館的後山運來大批剛收成的竹筍。

正當我在處理這些食材之時……

「葵小姐，我回來了。」

「啊，銀次先生！歡迎你回來！」

銀次先生最近跑遍各地，積極進行業務推廣。

天神屋的招財狐這稱號並非浪得虛名，天神屋曾一落千丈的名聲，也在銀次先生發揮本領之下，一步步重返榮光。

「呵呵呵，我這裡有批好東西。葵小姐，請看看這些！」

他直直豎起那對銀色的狐耳，露出一臉得意洋洋的表情，把藏在身後的某樣物品擺在吧檯上。

那是滿滿一盒的長條狀綠色蔬菜。

「哇～～蘆筍！」

尺寸偏粗的綠蘆筍徹底吸引我的注意力。

「這是哪來的？蘆筍在隱世這裡還不怎麼普及吧？」

「不過呢，目前北方大地那邊有農園正在積極栽培這種作物。在我前往南方大地出差時，從冰里城的清大人口中得知此事，於是便去探訪那座農園。結果當時正好有大量的蘆筍剛收成，看起來令人垂涎欲滴，我便請對方賣我一點，心想憑葵小姐的手藝必定能做出美味料理，所以就當作送給您的紀念品！」

「謝謝你，銀次先生！我最喜歡蘆筍了！」

當季收成的蘆筍，擁有無可比擬的美味。

尤其是這種個頭比較大的粗蘆筍。

光是用奶油炒過，保證就能成為一道誘人的下酒菜；用豬肉片捲起來也不錯；汆燙過後搭配日式調味或許也不賴。

好，就這麼辦吧……

「今天夕顏的當日特餐，就決定是蘆筍豬肉捲與蘆筍炊飯了！」

「噢？蘆筍豬肉捲這道料理，光是名稱聽起來就令我食指大動呢。不過，蘆筍炊飯我還是初次耳聞，這個月不是都煮竹筍飯嗎？」

銀次先生注視著正在前置處理階段的竹筍。

「畢竟機會難得嘛，竹筍我會再拿去做成別的菜色。反正炸成天婦羅也很讚。」

「原來如此，真期待葵小姐會用怎樣的手法來料理呢。啊，差不多快到幹部會議的召開時間了……那麼我先告辭了，晚點再來拜訪您。」

銀次先生又匆促地離開，準備前往本館。

最近他好像真的忙得不可開交。為了讓天神屋東山再起，他一路上付出的努力恐怕是所有人之中最多的……

好了，我也不能輸給他呢。我用束袖帶固定好身上的綠色和服，馬上著手開始料理。

最近我負責的業務範圍橫跨各類別，包含許多未曾接觸過的新工作，但我個人認為自己最重要的任務還是在於照顧館內員工的健康。

為辛勤勞動的員工們張羅一頓晚飯，好讓他們洗刷一天的疲憊，儲備滿滿元氣。

把竹筍的前置處理告一段落，我接著開始專心削除蘆筍根部的外皮。

蘆筍根部的外皮粗硬又充滿纖維感，最末端三公分都去除乾淨比較好。

蘆筍這植物各部位的口感跟風味各有些微不同，很值得細細品味。

中段的莖部口感爽脆，前端的筍尖則有柔軟口感並帶著微苦。

我先用滾水加鹽將蘆筍氽燙過，再斜刀切成段狀。

在釜鍋內放入白米、醬油、味醂與高湯。上頭再放入原本打算用來煮竹筍炊飯的雞肉，以及這些蘆筍。最後扔了一小塊奶油作為提味用，便開始進行炊煮。

「最近奶油的運用範圍也越來越廣泛了呢。」

近來，在隱世也常能見到使用這類乳製品入菜的料理或甜點。

這些乳製品全都是產自北方大地。

那個冰天雪地的封閉地區，也透過與天神屋、折尾屋的攜手合作，拓展觀光業與特產品開發，如今成為隱世中最受矚目的新興地區。

北方大地原本就蒙著一層神祕面紗，隱世之中想必也有不少妖怪想去一探究竟吧。

採購新鮮的乳製品、一覽北方大地的流冰美景、親眼見證極光、巡訪遠古的建築、遺跡與神社寺院——有以上眾多需求的妖怪，也多會選擇參與天神屋的空中飛船觀光行程。

話題有點扯遠了，重點是蘆筍炊飯。

沒過多久，夕顏店裡便開始瀰漫起迷人的香氣。

「唔哇～～真誘人的香味～總覺得聞起來跟平常的竹筍飯不太一樣呢。」

隸屬於夕顏的員工——鬼火小愛在外頭洗完衣服後回到店裡。

「今天是蘆筍口味的炊飯喔，因為銀次先生拿了好多蘆筍過來。」

「哇～～蘆筍！不過這樣沒關係嗎？您想想，有些妖怪對竹筍飯的喜愛簡直是不可動搖的信仰。」

「啊……這倒是真的。」

事到如今，我開始有點擔心起來了。

但最近已經連煮好幾天的竹筍飯，或許也有些人開始膩了吧？

新鮮的蘆筍只有在這季節才能吃到，再說可是今日限定的特別菜色。

為求保險起見，我在夕顏的黑板上註明「今日炊飯為奶油雞肉蘆筍口味」。

然而，我還是太小看竹筍炊飯派的勢力了。這件事在後來成為某對夫婦反目成仇的導火線，是我所始料未及的。

當天入夜後，結束天神屋館內工作的妖怪員工們陸續來到夕顏。

我為他們準備了以下幾種套餐選擇。

・竹筍蘆筍雙拼天婦羅套餐

・竹筍漢堡排套餐

・蘆筍豬肉捲套餐

從中挑一款主菜，再自由選擇主食要搭配白飯還是今日炊飯。

本日最推薦的首選是肉餡中加了竹筍的漢堡排套餐。

將脆口的竹筍碎末加入絞肉裡製成漢堡排，搭配紫蘇與白蘿蔔佐酸橙醋一起吃最對味。

然後呢，最重要的是今日主食——奶油雞肉蘆筍炊飯。

嘗過這道炊飯的妖怪們所給的回饋全是一片好評。

蘆筍的爽脆口感與特有的水嫩及風味，再搭配絕對不會出錯的奶油，跟米飯意外地合拍。這滋味尤其深受女性妖怪的讚賞，像那位擔任女二掌櫃的雪女阿涼就直嚷嚷著明天也想吃。

「欸～拜託妳啦，葵。明天也煮這款炊飯！」

「咦？可是～蘆筍是很難弄到的食材耶。」

我原本還想挑戰其他各式蘆筍料理，但除了阿涼以外，許多女接待員也表示希望以後能持續提供蘆筍炊飯。這滋味有如此令她們深深著迷嗎……

然而，此時有不同的意見殺了出來。聲音來自阿涼的丈夫，也是現在坐上小老闆位置的土蜘蛛——曉。

「等一下。這道蘆筍什麼炊飯來著，美味程度確實令人為之驚豔。但我還是更中意竹筍炊飯，那無疑才是最純粹簡單的王道，竹筍炊飯才是永遠吃不膩的經典吧。若不趁這個季節多吃一點，就得等到明年了。我希望明天能按照原定菜單，改回竹筍飯。」

開出第一槍的曉，讓其他男妖怪也紛紛起身響應，提出想吃竹筍炊飯的訴求。

我的確也能理解他們的主張。竹筍炊飯能滿足普羅大眾的味蕾，正是炊飯界中的絕對王者。

尤其是妖怪這種生物，更是對這道美食無法招架。

即使缺少獨特的新奇感，竹筍派的成員仍甘願堅決捍衛竹筍炊飯那不可動搖的地位。

然而就在此時，由阿涼所領軍，被蘆筍炊飯收服的女性接待員們站起身。

阿涼更是用咄咄逼人的態度，對自己的丈夫曉大發議論。

「給我等一下，曉！我當然也很喜歡竹筍飯，但每天這樣吃下來也會膩的啊！偶爾換換帶有現世風情的時髦口味也沒什麼不好吧！是說你各方面都很老古板耶。理所當然似地隨波逐流，盲從跟隨大眾的喜好，只要餐桌上出現有點特殊的調味或是不常見的食材，就馬上露出一臉嫌棄的表情！」

怎麼感覺這番主張夾帶了平日的各種積怨？

話說，原來阿涼還會做飯給曉吃喔，哇～～真意外。

「少囉嗦啦，阿涼！真要說起來，妳才是沒原則又反覆無常，一意孤行！明明平常做菜總是看著葵寫的食譜，卻不照著上面的指示，企圖亂跳過步驟又擅自改編，加些奇怪的料。像上次煮味噌湯不先熬高湯，裡面還亂放了竹輪。」

「那你自己下廚不就得了！炊飯也自己煮自己吃啦！」

「是說平常早飯本來就是我在煮好嗎～～」

眼看著事態逐漸淪為夫妻口角，我便開口介入。

「欸，等等，你們暫停啦，兩個人都先冷靜一下。話說現在話題重點到底是什麼？你們夫妻吵起架來可不是小倆口的鬥嘴而已，破壞力太強大了啦。呃……哇！」

話才剛說完，阿涼便全身散發冰霜進行威嚇，曉則射出蜘蛛絲來防禦。

接著兩人毫不避諱地噴發妖氣，展開一陣扭打。

雪女與土蜘蛛正式宣戰，讓其他妖怪員工們全逃出夕顏店內。

「呃……欸！你們在搞什麼啦！」

阿涼和曉目前已搬出天神屋宿舍，在銀天街共組家庭。

新婚夫妻剛擁有兩人愛的小窩，一般來說應該正處於享受幸福感的蜜月期。

然而這兩人卻照三餐吵架。

還因為不好意思在天神屋本館自曝家醜，總是選在夕顏開戰。

再者，每次吵架的導火線都是些芝麻綠豆小事。

由於他們倆都是有一定戰力的妖怪，造成的損害非同小可。

這種時候，我就會從懷裡掏出天狗圓扇。

「看我的——你們給我差不多一點！」

揮動一下圓扇，兩人便被強風從店內吹飛，雙雙栽進前面的池塘裡。

然後他們便會清醒過來，恢復冷靜。

「哎呀，曉跟阿涼，你們夫妻倆又在鬥嘴了啊？不過對你們而言，這或許算是溝通的一環吧。你們最好向我跟葵的恩愛看齊一下吧，哈哈哈哈哈哈！」

此時，大老闆正穿過連接走廊而來。

他悠哉地笑著，還說了些瘋癲的風涼話，然而在其身後待命的會計長白夜先生則露出不得了的表情。

白夜先生臉上的慍怒，宛如恨不得把那對只顧著鬥嘴的夫妻的脖子給扭斷一般，他簡直可說是怒髮衝冠。

順便介紹一下，白夜先生是天神屋的會計長，館內所有牽扯到錢的事情都歸他所管，也被稱為天神屋的第二把交椅。另外，他長壽到不行，待人也嚴苛到不行。他的原形是在隱世很罕見的白澤妖怪。

曉與阿涼一從池塘上岸，便拖著濕透的身子畏畏縮縮地。

接著他們雙雙下跪道歉。

「那兩人到底為了什麼原因吵架？」

大老闆問我。我一邊拿著毛巾過去給那兩人，一邊回答他。

「他們在爭論明天之後的炊飯要煮蘆筍飯還是竹筍飯，最後就吵了起來。呃，該說這是起因嗎？還是引爆平日積怨的最後一根稻草呢……老實說我根本沒興趣知道……」

「這算什麼啊，也太幼稚了！」

白夜先生搶先大老闆一步做出反應，將嘴邊的摺扇用力闔上，語帶不屑地說道：

「你們給我認清自己身為小老闆與女二掌櫃的立場！做為背負天神屋店徽的幹部，為了這種小事起爭執，要怎麼成為其他員工的榜樣？現在連折尾屋的小老闆與女二掌櫃他們小倆口，都比你們來得成熟懂事多了！」

「呃，是……非常抱歉。」

「說起來，夫妻本是互相尊重與扶持的關係——」

白夜先生讓曉跟阿涼在池塘前排排站好，開始進行冗長的說教。

主題是關於夫妻間的相處之道。

這麼一說，我才想起白夜先生也曾是已婚人士。聽說他的太太是人類，但是在很久以前就離世了。

至於大老闆，則不顧曉與阿涼正在接受訓斥，逕自興沖沖地鑽過夕顏的門簾。

他在略顯狼藉的店內挑了張乾淨的客席入座，然後跟我點餐。

「順帶一提，我比較喜歡白飯。雖然炊飯也不錯，但總覺得要全心全意享用葵的美味料理，白飯還是最強的搭檔。然後今晚我想吃竹筍漢堡排，畢竟這是妳親自推薦的菜色嘛。」

「呃，好好好。」

大老闆似乎也餓了，向我點了竹筍漢堡排套餐（搭配白飯）。我立刻回到內場準備餐點。

「不過話說回來，葵也真是無故遭殃呢。那對夫妻吵起架來，連我都很難勸架。」

「是啦。但也是因為我突然更動菜單，不小心成了他們引發口角的開端。從明天起，竹筍跟蘆筍兩種口味的炊飯我都會準備。」

想必這是最能避免爭議的唯一解了。

這場匪夷所思的蘆筍與竹筍兩派論戰，也在此落幕。

正當我如此想著時——

擔任庭園師的鐮鼬一行人，原本正在幫忙收拾店內殘局，其中的佐助耳尖聽見我的那番話。

「葵殿下，萬分失禮是也！其實後山上的竹筍已經採收一空，今天這些已經是最後一批了是也～～」

「咦？」

沒想到再也拿不到免費竹筍了。

蘆筍軍將在這種形式下取得一勝了嗎？

然而，此時倉皇趕回店裡的銀次先生也發言了。

「不好意思，葵小姐，請問蘆筍還有剩嗎？」

「嗯？今天沒有全用完，怎麼了嗎？」

「其實，我跟老主顧彌一郎先生聊到北方大地的蘆筍，結果他表示很希望能嘗嘗葵小姐親手做的蘆筍料理。他說想吃奶油煸蘆筍，請問明天晚餐能請您準備這道料理嗎？」

「咦？當然是沒問題，不過……」

彌一郎先生是鯰魚形態的妖怪，也是一位食量過人的老饕。

他是天神屋的貴賓，款待人家當然要周到點。想必蘆筍將會一根不剩吧。

也就代表著……

「哈哈哈，無論是竹筍飯還是蘆筍飯，明天起都無法供應了呢！」

「葵，妳為什麼笑得出來？」

「因為很搞笑嘛，剛才的騷動都變得毫無意義了。」

那場論戰到底算什麼呢？說到底，不管是誰再怎麼想吃，現在沒了材料，巧婦也難為無米之炊啊。

經歷雞飛狗跳的昨日，今天店裡進了一批南方大地的玉米。

由於現在竹筍飯跟蘆筍飯都煮不成了，我便決定用玉米挑戰製作第三種口味的炊飯。

原本擔心再度引起什麼紛爭，但或許是因為滋味香甜的玉米讓人無法討厭，包含阿涼與曉在內，所有天神屋的員工都沉醉於玉米炊飯的美味中，彷彿把先前的爭論全拋諸腦後了。

第三話 六月～納豆吐司與竊賊～

最近這幾天，我都在與大學筆記本互相乾瞪眼中度過。苦思的我發出陣陣呻吟。

其實天神屋的早餐菜單要翻新了。

因應時下的現世風格熱潮，我們的早餐將仿效現世飯店，提供日式套餐與西式拼盤兩種選擇。

西式拼盤的設計交由我一手包辦，所以我正為此絞盡腦汁。

煩惱過度的我幾乎要頭痛了。

「以前總是能信手拈來各種靈感呢。但最近隱世跟現世之間通行無阻，很難想出夠新奇的點子。」

沒錯。來到現在，隱世許多妖怪都能自由前往現世勘查。

我的一舉一動都會顯得特別新奇的那個時代，早已經過去了。

話雖如此，還是有許多暢銷商品問世。例如在夕顏舉辦的春日麵包祭中推出的「生吐司」被火速秒殺，芒果咖哩調理包也引發搶購熱潮。

我對於生吐司的表現特別賦予厚望，並同時在天神屋的土產販賣部與銀天街的天神屋旗下茶館等處進行販售。

後來也有進一步討論開設生吐司專賣店的計畫。

「原本想說可以拿這款生吐司做為天神屋早餐的賣點，但……」

只是擔心從賣相上來說，吐司會不會稍嫌無趣？

與其他供應西式早餐的旅館相比，是否顯得相形失色？

在年輕一輩的妖怪之間，最近開始盛行起拍照並利用名為信使的通訊工具來分享交流，上鏡的美食也隨之風靡一時。

至於生吐司，雖然我覺得單吃起來是最簡單且美味的，但是稍微講究賣相的品項或許也有一定的需求在。

「啊，對了。我們除了最基本的奶油吐司外，也提供幾款變化版的口味供選擇就好啦。比方說……」

妖怪肯定愛不釋手的奶油紅豆沙吐司。

在懷舊咖啡廳常見的經典款——披薩吐司。

有點標新立異但美味度掛保證的明太子麻糬吐司。

以及專為走在流行最前線族群所製作的法式起司火腿吐司。

「啊啊，總覺得我自己開始餓起來了……」

一心思考著生吐司的可塑性，害我現在滿腦子都是想吃麵包的欲望。每次只要一忙起來，就容易忽略要好好吃飯這件事。這樣的我連午餐也還沒吃。
於是我來到夕顏店內覓食。
生吐司一直都是馬上被掃完的暢銷商品，所以店裡並沒有存貨。不過普通的吐司倒是有剩，我便開始翻起冰箱，找尋能搭配的食材。
「啊……納豆。」
一陣令人懷念的記憶突然湧現。
關於我暫時回歸現世度過大學生活的那段期間，常吃的一款吐司創意料理。
當時我每天的早餐都固定吃麵包。除了我本來就喜歡烘焙之外，麵包也可說是獨居學生的好朋友。
然後我最常做的就是納豆吐司了。
聽起來有點邪門歪道，但美味無比。
「好，久違地來嘗嘗納豆吐司吧。」
這道料理的做法真的很簡單。
先把土司切片，將納豆與醬料拌勻後鋪在表面，並且刨上一點起司絲。
接著擠上細絲狀的美乃滋，再來只要進烤箱烘烤就行了。
「葵大人～您在做什麼呀？」
「啊，小愛，妳來得正好。」

小愛原本是屬於大老闆的鬼火，在我的靈力供應下逐漸成長茁壯，現在已是我最得力的左右手，也是夕顏不可或缺的員工。

「可以直接用火幫我烤一下這個嗎？會分妳吃一份的。」

「好的，小事一樁。不過這是什麼？看起來好像懲罰遊戲會出現的黑暗料理。」

「才不是懲罰遊戲的黑暗料理，這是納豆吐司啦。」

小愛把麵包烤得恰到好處的好身手，都要歸功於在春日麵包祭的磨鍊，現在已經昇華到可以傳家的境界了。

我接著製作第二份納豆吐司，跟小愛在只有我們兩人的店裡偷偷享受一段午餐時光，並且泡了熱騰騰的茶水搭配享用。

來到了一嘗納豆吐司的時刻。

小愛先迫不及待地咬下一口。

「嗯！咦？啊，真意外。沒想到出奇地好吃！」

小愛發表了最真實的心得。

「就是呀。納豆吐司聽起來讓人卻步，但實際吃過之後其實滿好吃的，接受度很高的。」

「為什麼呢？納豆跟起司怎麼會如此對味？太神奇了，我無法參透。」

「……嗯～～我也說不上來為什麼，因為都是發酵食品？」

我也張大了嘴，從吐司邊緣大口咬下。

納豆的黏液與起司延展成絲狀，吃起來很狼狽。但反正現在只有小愛看得到，於是我敞開心胸大口大口品嘗。

納豆、起司再加上美乃滋。

原本感覺毫無交集的這些食材，由吐司純樸的甘甜搭起橋梁，在口中合奏出難以形容的東西合璧和諧旋律……

「葵大人～話說，不知道小不點現在過得如何呢？」

突然之間，小愛提起了不在場的那個小傢伙。

「這個嘛……按照他的個性，我想應該活得很好，而且天不怕地不怕吧。」

「但願他沒被比他強大的妖怪吃掉就好了。」

「的確呢……這點倒是令人擔心。」

其實，名為小不點的手鞠河童已經離開我身邊約莫半年了。

原因在於他啟程前往現世，展開一段旅行。

小不點原本就是住在現世的妖怪，在現世的河畔被同伴們丟下而變成孤身一人。個頭十分嬌小的他手無縛雞之力，所以被拋棄了。

餓著肚子的他骨瘦如柴，看起來太令人同情，於是我便帶著他來到隱世。

沒想到小不點卻在這裡活出自己的一片天。

原本以為他是隻小巧可愛，如嬰兒般純真的妖怪，卻在成長茁壯中，開始有自己的想法與打算。

『葵小姐～我想去尋找我滴家人，然後還想告訴同伴們隱世這地方滴存在～因為現世對於手鞠河童來說，能夠安居滴地方太少惹～』

記得他在啟程前說了這番話。

明明被棄之不顧，他似乎仍惦記著同伴們的事。

小不點在隱世這裡的確無親無故。

忘記之前曾聽誰說過，手鞠河童是棲息於現世的妖怪。

即使在天神屋再怎麼備受疼愛，還有我與小愛的陪伴，他那小小的心靈卻仍有個無法被填滿的大大空洞。一想到這裡就有點難過。

不知道他有順利見到家人與同伴們嗎……

「葵大人～所以您原本在構思天神屋的早餐，才做了這納豆吐司對吧？您要拿這道料理做為早餐拼盤的主角嗎？」

小愛用充滿期待的發亮眼神問我。

「嗯，不，這只是我自己愛吃，要列入旅館早餐或許有點難度。」

「咦～為什麼？」

「問題還是在於第一印象不太好吧。就像小愛也說了，好像懲罰遊戲的食物。無論怎麼說，賣相還是關鍵——這部分我也有了很深的領悟。」

況且，雖然想將納豆吐司的美味推廣出去，同時又希望它是專屬於自己的私藏料理。

然而小愛卻露出不滿的表情，心情似乎十分複雜。

「怎麼這樣～枉費它這麼好吃！而且很具有驚喜感。」

「光是得到小愛妳這番稱讚，我就相當高興了。」

「唔……那拼盤裡要放些什麼菜色呢？」

「首先是沙拉吧。然後呢，我覺得用食火雞的雞蛋做成歐姆蛋也不錯。像現世的飯店早餐一樣，能現點現做的話就太棒了。再來還有……」

「匡咚。」——就在此時，後面的房間裡突然傳出物品翻倒的聲響。

我與小愛面面相覷。

「怎麼回事？剛才好像有東西倒了？我去看看狀況。」

「等等，我也一起去。」

過去曾發生迷途小山豬從外廊誤闖入室內，在我房裡睡覺的意外狀況。而且母山豬還怒氣沖沖地衝了進來，引發一場大災難。

我一邊祈禱著別發生什麼大事才好，心裡其實同時懷抱著些許期待。期待著或許有可能是小不點回來了……

然而，當我拉開房門時——

「……」

「……」

我驚訝得失語。

眼前出現一個全身黑衣造型的神祕人影，用長毛巾包住頭部，並在下巴打了個結，而且他的背上還背了一個唐草花紋的包袱。呃，正確來說並不神祕，畢竟光看那身打扮，就已經完全暴露身分了。

「咦咦咦咦咦咦咦？」

我發出的並非尖叫，而是錯愕的驚呼。因為對方的造型就是最經典的那種小偷裝扮。

「啊，葵大人，請您先退到後方。我、我來燒了他！」

「呃，妳先等等啦小愛。這樣連夕顏也會跟著遭殃，引發火災的。啊！他逃走了！」

就在我們磨磨蹭蹭時，小偷伸出手，一把抓住不知道什麼東西後便從外廊飛奔出去，逃之夭夭。

我馬上就明白對方偷走什麼——散落在地面上的是一張張照片。

是我從櫻樹下挖出來的爺爺照片！

「爺爺的照片被搶走了！」

我的臉色頓時一片慘白，接著也衝出外廊，打著赤腳追逐逃跑的小偷。

「有小偷！有小偷啊！」
然後我大聲喊叫。
當我一扯開嗓門，周圍立刻颳起強風，在天神屋擔任庭園師的鐮鼬們隨之現身。
「請問發生何事是也？葵殿下！」
其中的王牌密探佐助最早察覺到我的喊叫聲，出現在我身旁。
我忍著想哭的衝動，緊緊抓住佐助。
「佐助，剛才有個打扮得就像小偷的人闖進我房內，偷了照片便逃走了。那些可是爺爺的照片！我想他大概還在天神屋裡。對方穿著一身黑衣，背著唐草花紋的包袱……」
「竟有此事……未發現外人侵入，是在下過於疏忽是也！庭園師們，分頭追捕！」
在佐助一聲令下，同為鐮鼬的兄弟姊妹們以迅雷不及掩耳的速度分頭行動。
天神屋的庭園師個個是優秀人才，一定沒問題的——雖然如此說服自己，我仍心急如焚。
不到三十分鐘，犯人已經落網。
這起事件也已經傳到天神屋幹部耳裡，大老闆與白夜先生兩人來到夕顏。
接著，那位一身小偷打扮的犯人被強押到我們面前。我這才發現對方是個幻化為人形的熊妖，身材非常乾癟。

我們排排坐在夕顏的外廊，讓被繩子五花大綁的小偷跪坐在我們的視線範圍內，也就是店內後方的空地上。

他周圍同時被眼神犀利的庭園師們所包圍。

「你叫什麼名字？」

大老闆問竊賊。

「……熊衛門的說。」

「那麼，熊衛門，你非法入侵我妻子葵的房間，而且還偷走津場木史郎的照片，究竟目的為何？」

大老闆打開小偷的包袱，從中取出爺爺的照片。

他的口氣雖然很平靜，但從表情之中明顯散發出以前常有的那種屬於鬼的冰冷無情。

竊賊私闖我房裡這件事似乎讓他頗為光火。

小偷雖然表現得畏畏縮縮，仍努力說明原委。

「其、其實我家阿母有病在身的說，為了治好阿母的病，我最後只好去借錢的說。結果債務越滾越大，還也還不完，連三餐溫飽都有問題的說。所以才偷了津場木史郎的照片的說。」

「……？」

我與大老闆望向彼此。

從這番說詞聽起來，是能理解他生活過得很辛苦。但若有經濟上的困難，大可以偷些看起來更有價值的東西吧。

「事情原委我明白了。不過，這個動機跟你竊取津場木史郎的照片到底有何關連？」

「大老闆。您最近幾乎沒時間上隱世街頭看看，所以有所不知吧。目前在大街小巷又再度掀起一股小型的津場木史郎熱潮。」

提供這項資訊的是坐在大老闆隔壁的白夜先生。

他一邊拿著摺扇往臉上搧風，一邊用顯然不屑的態度說明。

「像津場木史郎的私人物品與照片什麼的，可以賣到非常驚人的價錢。聽說他穿過不要的舊襪子，最近在黑市以兩百萬售出了。」

「兩、兩百萬……」

我驚訝得傻眼。

「津場木史郎熱潮」，而且還是「再度」掀起。

那個不三不四的傢伙到底為何能如此緊緊抓住隱世妖怪們的心？

「他大概是心想，只要能弄到數量如此可觀的津場木史郎的照片，肯定就能輕鬆賺進大把銀子吧。真是的，那種男人的照片分明只會帶來霉運。」

白夜先生無奈地嘆氣。

名為熊衛門的竊賊蜷縮著瘦小的身軀，一邊磕頭一邊求饒。

「還請饒恕我的說，我深知悔改的說，非常抱歉的說。」

熊衛門如此說。他看起來確實不像是罪大惡極的壞人……

「欸，大老闆，他會遭到什麼處置？」

我悄聲詢問。

「只能將他移送鬼門大地的奉公所了，或許會被問罪吧。葵，還是說妳有意饒恕他嗎？」

「……」

小偷熊衛門就只是低著頭顫抖個不停。

或許他深埋著的那張臉正在哭泣，又或許正露出狡詐的笑容，暗想著運氣好的話可以得到寬恕。

我對於這位小偷的了解，僅止於他單方面的說詞。

「不，我不會放過他的！」

而我身為津場木史郎的孫女，可不會因為一時感情用事而輕易放過罪犯。

於是我帶著小愛回到夕顏廚房裡，製作了某樣東西後折返現場。

我們做的正是納豆吐司。

「唔哇！葵，那是什麼古怪的料理！」

大老闆也把納豆吐司講得好像不是正常人會吃的東西一樣，露出鐵青的臉色。

畢竟吐司還散發出淡淡的納豆發酵味……

「呵呵呵，就請你吃下這個做為懲罰吧。」

沒錯。就是這道甚至被稱為懲罰遊戲中會出現的食物，納豆吐司。

熊衛門瑟瑟發抖著，與我製作的納豆吐司互相乾瞪眼。

畢竟那位傳說中的津場木史郎的孫女露出邪惡表情說要懲罰，似乎讓他確信這道料理肯定不是正常的東西，而怕得要死。

「來，快吃吧！」

由於看熊衛門遲遲不願開動，我更進一步地強行把納豆吐司塞進他嘴裡。

一段短暫的沉默過後。

熊衛門咀嚼著口中食物，表情緩緩一變，雙眼亮了起來。

「好、好好吃……這是什麼……革命性的納豆料理的說！」

這番感想讓我暗暗一笑。

接著，我在熊衛門的面前蹲下身。

「這下子就算懲罰完畢啦。爺爺的照片也找回來了，我認為這件事可以到此告一段落了。只要你願意發誓以後不再幹出非法侵入夕顏這種事。」

「嗚、嗚嗚～鬼妻殿下～～」

「醜話先說在前頭，下不為例喔。」

「我明白的說。我不會再犯的說～～」

熊衛門那雙圓滾滾的眼睛淚水直流，他狼吞虎嚥地把剩下的納豆吐司吃光。

在替母親治病的同時，接下來仍有漫長的還債之路等著他，想必未來的日子會過得很辛苦吧。我甚至有點同情了。

但我們也有自己的立場要堅守，並且必須做好榜樣，所以無法提供更多的援助……

「好久沒回來，結果大家齊聚在這裡是怎麼惹～？」

此時，一陣慵懶又帶著稚氣的熟悉聲音不知從何處傳了過來。

我張望四周，接著聽見腳下傳來「在這裡～」的聲音，同時感覺到有一股力量拉住我的和服下襬。

我放低視線，發現腳邊有個又小又圓的綠色物體。

那是一隻小到不行的手鞠河童，肩上扛著一根小樹枝，後面垂掛著一個小小的包袱。

最明顯的特徵還是脖子上那條紅色圍兜兒。

「你……不是小不點嗎！」

我不假思索地大叫。

沒錯。現身的人物正是那個自詡為「葵小姐滴眷屬」，卻說要去現世旅行，在半年前啟程離開的手鞠河童小不點

「啊？我是小不點啊，怎麼惹嗎？」

對方歪著頭，若無其事地露出一臉裝傻表情。無庸置疑正是小不點本人。

但怎麼覺得他的個頭變大了一點？

「喲，小不點，許久不見了呢。現世之旅還愉快嗎？」

大老闆向小不點搭話。

「鬼先生，我回來惹。這趟旅行還算開心啦～」

小不點舉起長著蹼的小手手，向大老闆打招呼。

「難得你終於歸來，但我們剛才逮到了這名小偷，正在向他問罪。很抱歉，等我們先解決完這邊的事情，再好好慶祝與你的重逢好嗎？」

「他是罪犯嗎～他做惹壞事嗎～？」

「正是如此，他企圖偷走葵很寶貝的照片。」

「啊～？」

大老闆用淺顯易懂的方式向小不點說明了事件經過。

小不點仍露出一張呆臉聽完說明，卻不知道想到了什麼便跳下緣廊，踩著小巧的步伐來到熊衛門面前，用圓滾滾的雙眼直直仰望對方。

熊衛門被這隻素昧平生的低等小妖怪盯著看，露出呆愣的問號表情。

小不點伸出長著蹼的小手手，輕輕放在對方的膝蓋上。

「現在世道艱困，所以我可以理解你滴苦衷。雖然日子不好過，但還是請你收下這個，打起精神吧～」

接著他從背殼裡拿出了某樣東西，交給熊衛門。

那是一張小小的……不知道是啥？紙片？

尺寸實在小得難以辨識，我走近小不點身旁。

「啊！」

我這才明白小不點到底拿了什麼東西給對方。

「欸，這不是『金天使』嗎！」

就是現世某款巧克力點心的蓋子上所附的極稀有貼紙。

我記得分為金色跟銀色，然後上面有天使圖案……我想想，好像收集一定數量後可以換什麼特別的獎品來著？

「啊啊啊！」

白夜先生反常地大叫出聲。

「妳說……金天使？那可是目前在隱世收藏家之間掀起交易熱潮的商品，一張價值百萬。」

「咦咦咦咦咦咦？」

我開始回想這款零食的售價也才多少錢而已。

但真要說起來，這貼紙在現世也是有一定的稀有性。畢竟我以前吃過那款巧克力點心好幾次，也才拿到兩張銀天使。

「是我在現世吃巧克力點心抽中滴超稀有貼紙，我吃惹好多才抽中滴。金天使是我滴寶貝，但還是送給你～」

小不點毫不猶豫地把這張在隱世價值不斐的貼紙給了熊衛門。

「把這個拿去賣惹，補貼家用吧～」

他對於有罪在身的熊衛門毫無提防之心，也不求對方任何回報。

就只是用一如往常純真的眼神說著。

「真、真是何等慈悲為懷的河童的說……我看見你身後籠罩著聖光的說……你正是綠天使的說……」

熊衛門雙手合十，在大方送出金天使的小不點面前跪拜。

小不點原先有這種慈悲心嗎？他本來有如此寬容大量嗎？

我也被他的舉動嚇了一跳。

最後，被釋放的熊衛門帶著金天使與小不點的好意，回到生病母親的身邊。

因為小不點的出現，害我用納豆吐司營造的感人一幕被搶走風采。不過既然最後有個好結局，我就不計較了。畢竟也看見了小不點的成長。

「先別說這些惹，我肚子好餓耶～葵小姐，請幫我做點吃滴～」

「好好好。我也替你做一份納豆吐司就是了，進來店裡吧，也讓我聽聽你的旅途見聞。」

「好滴～這一路上發生惹好多事。我差點被壓扁扁，還險些被抓走惹。」

「……嗯？感覺是很驚險刺激的故事呢。」

總而言之，歡迎你的歸來，小不點。

你平安回到身邊，就是我最大的欣慰了。

第四話

七月～隱世首度的珍珠熱潮～

根據消息靈通的客人所言，南方大地似乎正在流行「珍珠」這玩意兒。

聽聞此情報時，我還悠哉地心想：

「哦～搭上了現世的珍珠風潮呢。」

沒想到這股熱浪一口氣蔓延，席捲了隱世內的年輕族群。

最基本的珍珠奶茶當然不在話下，舉凡珍珠抹茶牛奶、珍珠焙茶等符合隱世妖怪喜好的品項，似乎也深受歡迎。

由於那充滿Q彈嚼勁的口感跟妖怪最愛的麻糬有幾分神似，所以接受度很高。這一點我好像能理解。

「不過話說回來，還真不能小看年輕人的流行傳播力呢。」

「您在說什麼呢，葵小姐您也是個年輕人啊。」

我用長輩的語氣發出感嘆，被銀次先生狠狠地吐嘈了。

我與銀次先生一起在夕顏剝去豌豆莢的粗纖維時，正好聊起這個話題。

「不過南方大地的確有兩把刷子，從現世引進受年輕族群喜愛的甜點，在大力宣傳之下創造出一股新風潮。畢竟南方大地有別於主要目標族群為中老年固定客源的天神屋，我們走的是精緻旅館路線，他們那裡則原本就是年輕旅客占多數的觀光勝地。」

說得沒錯，南方大地與珍珠打從一開始就是天造地設。

其中一個原因是南方大地氣候溫暖，正適合種植珍珠的原料「樹薯」，據說擔任當地八葉的亂丸正在積極推動農家進行樹薯的栽培。

簡而言之，南方大地目前乘著珍珠熱潮，當地產業蓬勃地發展中。

所以呢，他們在今年度的「最吸睛觀光勝地排行榜」中也超越前任冠軍鬼門大地，獲得逆轉勝……

「真了不起耶，不知道是哪位幕後功臣早一步引進現世的珍珠流行文化呢？他們那裡有熟悉現世文化的專家嗎？」

「不，聽說是亂丸自己探訪現世時，在澀谷那邊觀察到的。」

「澀谷……想像他出現在那裡的畫面，有點搞笑耶。」

不過，虧我還是個出身自現世、姑且算年輕一輩的人類，卻被南方大地的妖怪搶占了先機。這也不免令我心有不甘……

但是沒關係，我們家旅館現在推出的生吐司系列早餐拼盤與客房服務餐點，銷量也都不錯啊。

而且開設在銀天街的天神屋旗下生吐司專賣店，營運狀況也好得每天大排長龍，還計畫要在妖都展店。

「不過，我們要不要也仿效這股珍珠熱潮，嘗試推出一些珍珠相關甜點呢？」

「啊，這主意不錯呢。由葵小姐來操刀，或許能發掘出其他新的可能性。我也去找亂丸談談吧。」

就在結束這番討論的幾天之後。

我被找去南方大地的折尾屋，商討某件事。

折尾屋是建造於南方大地臨海地區的高級度假旅館。

因館內每一間客房都坐擁美麗海景而深受好評。

今日也一如往常豔陽高照的海邊，聚集了許許多多身穿泳衣、享受著藍天碧海的年輕妖怪，好不熱鬧。

「歡迎妳遠道而來啊，津場木葵。」

亂丸是名為犬神的妖怪，也是掌管南方大地折尾屋的大老闆。

頂著一頭紅色長髮、毛茸茸的紅色耳朵與尾巴的他，身上穿著氣派的淡青色外褂，造型十分醒目，在隱世也具有舉足輕重的地位。

這個男人過去曾仇視天神屋，將我跟銀次先生擄來南方大地肆意使喚，展現反派角色的一面，但這些如今已成往事。
現在折尾屋與天神屋之間保持友好，並建立起互助的同盟關係；兩間旅館也已攜手合作，推出過無數的企劃。
話雖如此，心中仍存在一絲競爭意識也是不否認的事實……
「我不知道你是很得意自己押對寶還是怎樣，可以先收起那張臭屁的表情嗎？」
在折尾屋迎接我到來的亂丸，原本就一副囂張的態度，再加上帶著些許優越感的神采飛揚，在我的立場上看了有點不舒服。
「哼！不要因為自己是現世出身的人類卻錯失珍珠這項商機，就眼紅人家啊，津場木葵。」
「誰眼紅了啊？我只是可惜鬼門大地要弄到珍珠的原料或許有點困難罷了。」
「樹薯是吧……不好意思囉，我們這裡倒是自產自銷。」
「這男人已經無法溝通了，他已經完全因為珍珠大夢而樂得飄飄然了。」
「葵小姐，請別跟他一般見識，亂丸的個性就是有點容易得意忘形。」
銀次先生在我耳邊竊竊私語。
亂丸與銀次先生從小一起長大，如同親生手足。原本也是折尾屋一員的銀次先生，比誰都更了解亂丸的性格其實很容易沾沾自喜。
「所以說，你把我找來到底是為了什麼？別看我這樣，也是有很多事要忙的。我們家的生吐司也發展得很好呢。」

我也交叉雙臂，擺出從容不迫的態度。

先把曾想跟風人家珍珠熱潮的企圖心擺一邊，開始炫耀起自家的暢銷商品……

「找妳過來不為別的，正是為了珍珠。津場木葵，我有項工作想委託妳。」

亂丸馬上進入正題，談起了交易。

在折尾屋會議室內聽完亂丸的說明，得知他們在珍珠飲品大賣之後，打算開設相關主題的茶館，但在設計搭配珍珠飲品的輕食菜單時遇到瓶頸。

所以好像想把菜單交給我來操刀。

「當然，酬勞的部分不會虧待妳。只要妳願意幫忙，折尾屋就免費供應夕顏整整一年份的珍珠。」

「哦，這不錯耶。」

正在勁頭上的亂丸，出手相當大方。

於是我爽快答應，投入珍珠茶館的輕食菜單開發工作。

夕顏目前每週固定營業一天，並且採取預約制。像這樣來自各地的委託不時找上門，我更是忙得不可開交。

能參與現在蔚為話題的南方大地珍珠相關企劃，我與有榮焉，而且一整年份的珍珠供應源更是我求之不得的贊助。

這一次若能大獲成功，我就要把這套經營模式帶回天神屋去！

「哇～～還真是時髦的茶館。」

我們來到建造於海岸邊的茶館，店面是一棟剛落成的玻璃屋。

戶外還有露天座位區，可將波光粼粼的動人海景盡收眼底。

茶館整體氛圍是帶著現代感的日式摩登風格。

雖然還在籌備階段，但氣氛如此美好，還能一嘗珍珠飲品的咖啡廳，想必將成為年輕族群之間全新的流行據點吧。

我被招待了一杯目前在南方大地的人氣冠軍飲品——珍珠奶茶。

這裡的珍珠奶茶使用嚴選茶葉沖泡的烏龍茶為基底，調配出甜度偏低的奶茶，再加入大量口感Q彈的黑糖珍珠。

銀次先生用可吸食珍珠的粗吸管試喝了一口，雙耳明顯直豎了起來。

「嗯……咦！這遠比我想像中還要美味。」

「銀次先生原本不看好珍珠奶茶嗎？」

「呃～一部分是因為外觀的關係，讓我有了成見。」

是啦，看起來確實有點像青蛙蛋……

但喝起來確實不賴。

最近的珍珠奶茶對於茶底本來就很講究，調配出的奶茶本身就很有水準呢。

南方大地的版本也帶有豐富濃郁的茶香，自成一股風味。

關鍵就在於這裡並不是使用西式紅茶，而是以東方茶為基底。在南方大地最受歡迎的珍珠奶茶據說也是使用烏龍茶底，只要是東方風味，隱世妖怪們的接受度普遍都很高。

原來如此，這不熱賣也難呢。

「目前我們在南方大地各地積極展店，開設主打這款珍珠奶茶的專賣店，也就是所謂的手搖茶飲店。茶飲內的茶葉種類、甜度冰度與配料搭配，都可以依照個人喜好做調整。」

「嗯嗯，現世的專賣店也是這種形式呢。」

比起咖啡廳，這樣的銷售形式更接近手搖茶飲店的外帶服務。

雖然也有店家設置可供休憩的座位，但無論在現世隱世，還是比較常看見年輕人在路上拿著珍珠奶茶邊走邊喝。

「這次的新嘗試，是開設一間氣氛輕鬆的茶館。在這裡能一嘗我們自豪的珍珠奶茶，同時還必須設計搭配飲品的輕食菜單，讓客人可以順便用餐。但問題就在於遲遲想不到適合的品項。」

「畢竟總不可能搭配飯糰、蕎麥麵或烏龍麵這些類型的食物嘛。」

「嗯……」亂丸與銀次先生雙雙陷入沉思。

若是隱世風格的茶館，與日式甜點搭配的輕食通常都會是蕎麥麵等餐點。

但換做珍珠奶茶，這類和風輕食還是顯得有些突兀。

「既然珍珠奶茶發源自台灣，我覺得搭配台式甜品或小吃比較好呢，或許可以營造類似茶樓的風格。」

「您的意思是？」

見銀次先生歪頭不解，我繼續補充說明這項提案。

「比方說肉包或豆沙包啦、蝦仁燒賣或小籠包這些吧，還有中式湯麵之類的麵點，像是台灣拉麵、擔擔麵或酸辣湯麵這些。最近也常看到配料豐富的粥品呢。至於台灣甜品，最常見的大概就是杏仁豆腐跟芒果布丁吧，近期像是豆花也很受歡迎。」

「豆花是什麼？」

「一種淋了糖水的豆腐甜點。會搭配水果、蜜芋頭與各種蜜豆，甚至會加珍珠一起享用。」

亂丸摸著下巴。

「那個叫做豆花的甜點很令我好奇呢，而且芒果布丁在我們這裡也已經是相當普及的甜點了。」

「就是呀。說起來，芒果本來就是南方大地的主力商品之一嘛，跟珍珠應該很搭。乾脆挑戰推出芒果咖哩飯吧。」

我挑準了時機大力推銷芒果咖哩調理包。

「嗯哼，這的確也是一個選項，但我還想提供更豐富的鹹食選擇。這樣的話，就必須增加小吃的種類吧。」

「也是呢……」

於是，我開始往返於鬼門大地與南方大地，投入開發茶館的輕食與小吃類菜單。

要考量到隱世妖怪的口味接受程度，同時保留原始風情，再自然地添加南方大地特產的要素……

雖然難度似乎頗高，但是個很值得挑戰的企劃。

這一天，我在夕顏試做了肉包、小籠包與麵類料理。

平時由我負責製作的員工伙食，此時簡直變成了飲茶套餐。

肉包，是小吃的經典中之經典。

由於在隱世也具有一定知名度，在肉餡內添加五目什錦配料增添分量感，隱世的妖怪們也很願意買單。以定食的形式推出也大獲好評。

至於小籠包，則是用更薄的麵皮包住肉餡所製成的小吃。

讓飽含其中的豐沛肉汁在口中爆發，一邊被燙得痛苦扭動一邊享用，才是最美味的吃法。小籠包在隱世尚未廣泛流行，但只要一旦滲透當地，肯定會成為無人不愛的人氣料理。

至於使用中式黃麵製作的麵類料理，我也構思了幾種品項。

首先我試做了清爽醬油湯頭的簡樸風拉麵。不過南方大地這裡漁產豐富，換成海鮮湯頭或許也不錯。例如鯛魚高湯拉麵之類。

另外，粽子也是個不可或缺的品項，想必能擄獲隱世妖怪的心。

粽子是將糯米用竹葉或蘆葦葉包起來蒸熟而製成，在隱世也已是很普及的食物之一。而台灣粽則會加入滷豬肉、滷蛋與筍子、香菇等燉煮得甜甜鹹鹹的配料。

搭配飲品感覺能成為分量剛剛好的解饞選項，可行性很高……

「奇怪？怎麼覺得靈感源源不絕，但這些全都會被折尾屋賺走對吧？」

我陷入一陣沉思。

對身為同業競爭對手的折尾屋，我為他們這般絞盡腦汁地獻計究竟有何意義。

「乾脆把鬼門大地的特產全都放進去，讓折尾屋大量採購——朝這樣的方向來構想似乎也不錯……」

這部分也是必須謹記的重點。

說到鬼門大地的特產，那就是食火雞了。

台灣料理大多使用豬肉，不過隱世的妖怪對雞肉有極度的偏愛。

所以就再追加一項吧，把分量十足又辛辣夠勁，帶著濃厚五香粉香氣的台式炸雞排也列入菜單提案。我在某些報導裡也曾看到台式雞排最近在現世很具話題性。這種炸雞呈現扁平的片狀，外面包著酥酥脆脆的麵衣，重點是尺寸大得驚人。

不對，等等。這乾脆留在天神屋賣比較好吧？

比如說，折尾屋籌畫的茶館若經營順利，就招攬他們來銀天街展店，然後把這當成銀天街分店的限定料理這樣……

「呵呵，呵呵呵……」

我的思考模式儼然已有天神屋女掌櫃的架勢，同時不愧是傳聞中的鬼妻。

最近我充滿各種野心，並且開始逐漸理解商場上的策略與手腕。

在隱世進行各方面的挑戰，讓我十分樂在其中。

以前還有債務的壓力在身，現在則純粹為了天神屋這間旅館，與其他地域的妖怪們攜手合作之下，完成更大的目標。

當然，事情不會永遠如想像中順遂。

但挑戰仍然充滿樂趣，而且只要耗費越多能量，就越想用更多美食填補回來。

我目前的夢想，是透過「飲食」來支持在這隱世面對各種挑戰的妖怪們，成為他們的後盾。

而我也絕不會放棄每天持續挑戰自我。

後來，我在南方大地的茶館舉辦了這些料理的試吃會。

我將自己絞盡腦汁設計的眾多小吃擺上桌，邀請折尾屋的大老闆亂丸、小老闆秀吉以及女二掌櫃寧寧試吃。

「噢噢，看起來很美味呢。」

「哇～我還是頭一次看見這些料理……」

雙尾猴妖秀吉與火鼠寧寧兩人充滿好奇地湊近觀察桌上的料理。

說到秀吉與寧寧。

這兩人已結為夫妻，其實連小孩都有了。

兒子年紀還很小，名叫秀康，我記得好像是亂丸幫忙命名的。

這個被大家稱為康少爺的孩子，有著一張神似秀吉的淘氣表情，但髮色則像寧寧。整體來說比較像媽媽，具備火鼠的特質。

「你好呀，康少爺。」

「……咿呀！」

康少爺還不到會說話的歲數，仍在秀吉的懷抱裡對我打招呼，實在可愛得不得了。

他在折尾屋似乎也備受大家疼愛，據說亂丸還有如喜獲金孫一般，對康少爺寵溺有加。

「好了，各位請儘管享用，多給點意見回饋吧！」

事不宜遲，試吃會立刻展開。

要讓折尾屋的眾幹部品評菜色是有點緊張，但其中也有初次體驗台式料理的新手，一一幫忙介紹料理並請對方品嘗的過程，其實非常有趣。

不出我所料，最受歡迎的菜色就是小籠包。

這道小點在現世的人氣已經很高，甚至還設有專賣店。而這經典不敗的滋味加上滿溢的豐沛美味肉汁，更為這道美食帶來驚喜感。

小籠包在隱世的知名度目前還很有限，今後擁有爆紅的潛力也是很加分的一點。而且以蒸籠形式上桌的極佳賣相，也很符合以年輕人為主要客群的茶館形象。

其次則是亂丸個人非常中意的鯛魚高湯拉麵。

湯頭清爽之中帶有豐富層次，同時還能突顯出折尾屋自豪的海產——這樣的麵類料理似乎完全符合他所期望的新菜色。

至於秀吉則表示自己喜歡粽子，寧寧則是與康少爺一起分享肉包，吃得津津有味。唯獨搭配在各樣料理旁的香菜，一致獲得大家的負評。

銀次先生提出的個人意見，則是希望能多加一道辣味料理。

的確，在網羅各種經典小吃的菜單裡，若能增添一些香辣菜色的選擇，或許有機會拓展更多客群。重點是辣味料理跟珍珠奶茶感覺很對味。

也許可以認真考慮一下台式炸雞排的可行性了。

「對了，最近好像一直沒見到葉鳥先生的蹤影，他人去哪了？」

在試吃會進行到一半時，我向折尾屋的成員提出這個好奇已久的疑問。

亂丸與秀吉面面相覷，臉上表情彷彿有難言之隱。

「我沒告訴妳嗎？他已經辭掉折尾屋的工作了。」

「咦咦咦？」

這是近期最令我震驚的一項消息了。

葉鳥先生的原形是天狗妖怪，原本在折尾屋擔任大掌櫃，雖然後來被指派了各種莫名其妙的任務，但我一直以為他仍待在這間旅館。

不過想想也不太意外，畢竟他個性本來就不受拘束，無法定下來……

「所以他離開折尾屋的理由到底是什麼？跟誰大吵一架？還是跟客人發生糾紛？」

「好了，妳先冷靜點，津場木葵。他辭職並不是因為跟誰鬧翻，而是暫時功成身退了。」

「暫時？」

亂丸他們冷靜至極地安撫著陷入混亂而不知所措的我。

「葉鳥那小子後來回朱門山啦，因為那邊似乎也很多狀況。」

秀吉說明。

「對對對，聽說他好像被迫跟許多介紹的對象相親呢。」

寧寧說。

「松葉大人好像又幹了什麼好事，引發派系鬥爭。」

「沒錯沒錯，畢竟少主個性上有點怯懦呢。眼見其他派系勢力開始坐大，於是把眾兄弟全召集回去囉。」

「呃，是喔……」

總覺得聽完還是一知半解。

不過，既然葉鳥先生需要回去天狗眾棲息的朱門山，代表他某方面還是深受眾人依賴，暫時讓我放下了擔心。畢竟他曾一度跟松葉大人翻臉，被逐出朱門山而走上歧途。

只是，葉鳥先生已不在這間折尾屋的事實，老實說令我感到很寂寞。

而且就連他那樣的人也被強制安排相親，朱門山的狀況或許真的頗為危急吧？

葉鳥先生原本明明那麼愛好並享受著自由自在的獨身貴族生活……

「話說回來，秀吉跟寧寧你們似乎進展得很順利呢。現在懷了第二胎對吧？恭喜妳呀，寧寧。」

我對寧寧表達祝福之意，她紅著雙頰扭扭捏捏地回我：「謝謝妳，葵。」

「寧寧，妳一直站著很累吧？坐著休息一會兒吧。」

「我、我沒事啦，秀吉。」

看秀吉在大家面前仍不吝對妻子關心有加，感覺是個貼心的丈夫。見他們一副幸福的模樣，讓我止不住臉上的笑容。

記得當初得知這兩人結婚的消息時，我跟阿涼一致做出了頗驚訝的反應呢。

沒事就發火的秀吉與容易陷入低落的寧寧。

聽說兩人從小就是青梅竹馬，對彼此無所不知，但心裡還是替這樣的他們擔憂。然而我的操心只是多餘，兩人在互相扶持下一邊成長，一邊維繫著恩愛的夫妻情。

原本寧寧仰慕著亂丸，秀吉則暗戀著寧寧。在折尾屋百年一度的儀式順利落幕後，秀吉下定決心展開熱烈攻勢，最後獲得寧寧的芳心，兩人結為連理。

與當時相比，現在的他們已經多了一份成熟穩重。

在康少爺面前的寧寧充滿母性，秀吉也成為優秀的夫婿與父親，同時也是位幹練的小老闆。

據說兩人也不再鬥嘴爭執，這點真希望曉與阿涼也多學學呢……

「葵，那妳跟天神屋大老闆的進展呢？」

「咦？」

寧寧突如其來的問題讓我僵在原地。

「你們好像連婚禮都還沒辦不是嗎？咦，就連蜜月旅行都還沒著落？大老闆難道其實中看不中用？」

寧寧認真地替我操心。

「也還沒有生孩子的打算嗎？小孩很可愛的喔？」

抱著康少爺逗哄的秀吉說道。

「是說婚禮別在天神屋辦，最好還在折尾屋。我會幫你們準備最頂級奢華的氣派方案。」

亂丸說道。他手中不知何時已多了一杯珍珠奶茶。

折尾屋這群人真是的，個個語帶炫耀地自說自話……

「呃～可是～這個嘛……」

我望向遠方思考著該如何辯解，卻無法反駁。

反而不得不認同，我跟大老闆在結婚之後，關係上並沒有太大的變化。

現在我們仍有各自的起居空間，也沒做什麼夫妻間會做的事……

「呃，好了好了，畢竟現在正處於各方面都很繁忙的時期嘛。況且，在背後支持葵小姐放手進行新挑戰，也是大老闆的一種體貼……」

銀次先生見我眼神游移且啞口無言，而且大老闆被批評得一無是處，便急忙幫忙緩頰。

他臉上的難色完全訴說了要袒護我們有多困難。

「啊！對了，這間茶館要取什麼店名啊？」

「妳岔開話題的意圖也太明顯了吧……」

折尾屋眾人的視線令我如坐針氈，但我仍擺出一副裝傻的表情。

亂丸嘆了口氣，從懷裡掏出一捲類似卷軸的東西。

「茶館的名字已經有定案了，是我昨天在夢裡想到的。」

「亂丸這人在某些部分還頗隨性的耶。」

「沒想到意外是個浪漫主義者……」

亂丸假裝沒聽見我與銀次先生交頭接耳，在我們面前一口氣攤開了卷軸。

「就叫『太日尾華茶屋』（註1）！」

註1：日文音同Tapioca（樹薯）。

「……」

這傢伙沒救了，連腦袋都被珍珠徹底侵蝕了。

說實話，從以前共同進行各種合作企劃案的過程中，我就覺得亂丸這人毫無取名的品味。秀吉與寧寧也滿臉焦急。

「好了！所以呢，請各位參考亂丸這詭異的提案，再好好斟酌思量，集思廣益想出更好的店名吧。」

「詭異是什麼意思，妳給我說清楚。」

「畢竟葵小姐一手打造的茶館，可不能因為亂丸詭異的命名品味而毀於一旦。」

「就說了詭異是什麼意思啦！」

銀次先生巧妙地收拾場面，亂丸則忿忿不平。

以往遇到這種時候，都能依靠品味優秀又能對亂丸直言不諱的葉鳥先生來修正路線。

然而如今少了他，我們只能自己設法逐步調整出滿意的茶館名字。

總之，現況大概就是這樣。

過去曾勢不兩立、彼此競爭的我們，如今已是患難與共的夥伴。

第五話　八月～天神屋靈異事件～

說到夏天，首先想到的就是試膽大會與鬼故事。

在現世，各地都會推出鬼屋設施，電視台還會製作靈異現象等主題的特別節目。

然而，隱世這裡原本就是屬於妖怪的世界。

棲息於此的居民盡是些妖怪，就算發生一些無法解釋的奇妙現象，我也早已不會放在心上。

只不過……

「所以，我想說的是——妖怪會怕幽靈嗎？應該說，隱世有所謂幽靈的存在嗎？」

此時的我正邀請阿涼與擔任溫泉師的濡女靜奈來到夕顏的外廊，招待她們享用我親手製作的葛粉冰棒。

這款冰品添加了葛粉，營造出新奇的Q彈口感。

冰棒內加入草莓、芒果與桃子等果肉與果醬，吃起來充滿水果風味且帶有繽紛色彩。彈牙中帶著冰沙般爽脆的口感不僅令人耳目一新，而且這冰棒還不會融化。

將這款使用日式素材製成的葛粉冰棒放在天神屋的生菓子專區試賣，結果討喜的賣相在女性顧客群間頗受好評。

於是我才邀請阿涼與靜奈前來試吃新推出的葡萄口味，然後聊到這個話題。

「我以前住在現世時，不時會看見幽靈那類的東西，但來到這裡後就沒遇過了。」

在現世目睹的幾乎都是人類或一般常見動物死後所化為的靈體。

至於妖怪化為幽靈這種現象，我從來沒看過。

「硬要說的話算是有吧，幽靈。」

靜奈用極度稀鬆平常的語氣說。

「畢竟妖怪也是有生命的。不過呢，現世好像也有些是死後才化成妖怪的，至於隱世的妖怪基本上大多都是打從娘胎誕生的～」

阿涼也邊咬著第三根葛粉冰棒邊說明。

「原、原來是這樣……」

雖然區分標準有點籠統，不過現世與隱世對於妖怪的定義或許有著本質上的差異。

經過以上討論，我的疑問得出了結論。

隱世也有幽靈的存在。妖怪死後也會化為幽靈，以鬼怪的姿態現身。

就在此時，阿涼突然抬起頭「啊」了一聲，似乎想起什麼事。

「說到這，我之前在休息時間聽年輕的接待員說過，天神屋好像也不時有幽靈現身喔。」

「咦？」

我微微打了個哆嗦，接著靜奈也直點頭。

「說起來，天神屋裡本來就有傳聞會鬧鬼的客房呢。」

「咦！真的假的？我從來不知道。」

在天神屋工作也已經幾年了，我還是頭一次得知這種事。

根據阿涼與靜奈說明，天神屋內也有好幾個幽靈相關的傳言。例如剛才提到客房內有妖怪於睡夢中安祥離世而化為幽靈、還有久遠以前曾發生過溫泉殺人事件而產生的幽靈，以及在澡堂內滑倒而死的妖怪化身的幽靈等等。

「可是啊，我聽到的是關於後山的靈異傳聞耶。據說最近每到半夜，竹林裡就會出現白色的幽靈四處遊蕩。好像有年輕的接待員親眼目睹過之類的。」

「嗯？竹林？」

我對於那個會在竹林遊蕩，疑似白色幽靈的東西有印象。

「那只是會計長白夜先生吧？或是飄浮在半空中的管子貓那類的。」

「我原本也是這麼想～但似乎並非會計長大人。我記得那幽靈頭上好像有一對長長的角喔？而且，會計長大人沒事就泡在竹林裡餵養定居在那裡的管子貓，而且對牠們寵愛有加，這在天神屋已是眾所周知的事實了。」

「說、說得也是呢……」

阿涼理所當然般地說著，靜奈也默默別開眼神並點頭認同。

沒錯。白夜先生雖然自以為隱藏得很好，其實這已是心照不宣的公開事實，大家都曾在某處目睹過白夜先生的那些行跡。

不過話說回來，頭上有長角的白色幽靈是吧……

我吃完葛粉冰棒，用凍得結冰的腦袋瓜思考這件事。

「欸，這件事還是先報備白夜先生一聲比較好吧？現在銀次先生不在旅館裡，大老闆也去現世出差了。」

「也對呢。畢竟不久前才遭過小偷。」

「有熊妖闖入葵小姐房內對吧？雖然未引發太大的騷動，但您沒遇到什麼危險吧？」

靜奈擔憂地關心我。

「嗯，我完全沒事，反倒是小不點還救了小偷。」

我俯視著在我膝蓋上咬著小黃瓜口味葛粉冰棒的小不點。

他卻「啊～？」了一聲並露出傻呼呼的表情，彷彿早忘了這件事。

接著我們馬上前往白夜先生所在的會計部，告知他關於後山的幽靈騷動。

他臉色驟變並且站起身。

「什麼？必須查明這件事的真相！搞不好是覬覦管子貓的盜獵者……不！重點是！靈異傳聞有損天神屋的名聲！」

「……」

我看你是擔心管子貓他們的安危吧……

在場所有人心裡都如此想，但白夜先生仍姑且保持著威嚴，著手調查並解決這場幽靈騷動。

「所以說，為什麼我也要負責巡邏啊？白夜先生。」

「這有什麼辦法，葵，今天閒著沒事做的人手只有妳一個。況且，我把管子貓藏匿在這裡的祕密也只有妳知情。」

呃，其實大家都知道耶……

與白夜先生在大半夜的竹林裡一起巡邏，我也真夠衰的。

不過，這片竹林也是那群白泡泡又可愛的管子貓的棲息地，有點期待與他們相遇。我還帶了吐司邊過來當伴手禮呢。

「啊，是葵大人～」

「還有白夜大人～」

「禮物呢禮物呢～～」

管子貓群就在竹林深處一隅。當我們來訪時，他們就會從竹管切口中緩緩探出身子，在半空中飄呀飄地聚集成群的模樣可愛極了。管子貓就是這樣的妖怪。

管子貓屬於極弱小的低等妖怪，和手鞠河童半斤八兩。他們有著細長的身體，總是帶著笑容與好心情。雖然他們並不具有什麼威脅性，但聽說能製成某種藥材，所以一直是盜獵者鎖定的目標。

「最喜歡葵大人了～」

「喜歡喜歡～」

「吐司邊呢～？」

「哇啊！先等等、先等等，我有準備充足的量，你們先冷靜點。」

雖說管子貓沒有威脅性，但對於愛好人類姑娘的他們而言，我跟我做的吐司就如同木天蓼。他們並沒有惡意，但被這些白色細長身軀熱情包圍之下，從旁人角度看來應該覺得我就像是被一群野獸獵食的可憐獵物。

「你們給我排排站好！」

然而，只要白夜先生像這樣一聲令下，管子貓群便會從我身上撤離，並且列隊站好。

白夜先生對管子貓群百般寵溺，偷偷將牠們養在這裡，但也不忘善盡管教的責任。

「像這樣乖乖配合整隊之後，餵食起來也方便多了呢。來，這是生吐司的吐司邊，一人一條喔。」

「太好了～是生吐司的邊～」

「吃過生吐司之後，就再也回不去了～」

就在管子貓群狼吞虎嚥地吃著吐司邊，心情正好之時，白夜先生用摺扇敲了一下手心並提出質問。

「今天有件事情要跟你們問清楚才行。傳聞最近這一帶出現了疑似白色幽靈的神祕物體四處徘徊，並且被員工親眼目擊了。或許真面目並不是幽靈，單純只是非法入侵的不肖分子。若是盜獵者的話就危險了。你們對此有什麼頭緒嗎？」

「白色幽靈～～？」

管子貓群彼此面面相覷。

「會不會是那個呀？」

「應該是那個吧～」

「肯定就是那個吧～」

牠們交頭接耳討論著，似乎有些眉目。

「喂，到底發生什麼事？」

白夜先生的單邊眼鏡閃過一道犀利的光芒。

「白夜大人，就是呀……」

「它們一定會在今晚大量冒出來喔～」

「大量？冒出來？」

「跟我來跟我來～」

管子貓們成群結隊，指引我們前往某處。

目的地不是沿著竹林小徑所至之處，而是偏離路線的另一個陌生區域，連我都未曾踏入。

這個陰暗潮濕的地方，位於距離竹林有段距離的斷崖處。

斷崖的側面看似布滿了白色的圓形物體，散發著內斂的光芒。

「那是……」

「就是這個～」

管子貓們聚集了上去，我們也湊近確認狀況。

「咦，這是什麼？白色的蕈菇？」

我嚇了一跳，崖面上長著飽滿的白色菇類。

「？」

觀察了一陣子後，這些蕈菇突然噴發出孢子，在空中呈現白色的絲帶狀。隨後孢子逐漸化為小小的人形，搖搖晃晃地離開現場。

「那、那是什麼……」

我感覺自己目睹了無法解釋的景像，呆愣在原地。

然而白夜先生卻彷彿確定了什麼。

「原來如此，那就是引起幽靈騷動的原因啊。真沒想到是入間菇造成的。」

「入間菇？」

我從沒聽過這種菇類。

「這是一種極為罕見的蕈菇，就連我至今為止也只親眼目睹過三次實體。」

我邊心想著「原來你還看過三次」，邊聽白夜先生說明。

「生長於此的入間菇有乳白色的蕈傘，但平常都保持隱形狀態。」

「隱形狀態是？」

「也就是透明無色的菇類。唯有在前一天剛下過雨，濕度高的夜晚才會現身，就像今天這樣。然後它們會在現身的期間散播孢子，孢子會化為人形並往遠方移動。」

「哇～～原來隱世還有這麼特別的蕈菇。」

不過，同時也讓我想通了。

原本不解負責打理竹林的庭園師怎會沒看過這些蕈菇，但庭園師在入夜後便忙著進行天神屋周邊的警備工作。既然這些蕈菇平常都呈現透明無色，那也難怪沒被發現。

輕飄飄地翩然遠去。

化作人形的孢子邊散發微弱的白色光芒邊移動。

若不知道這些是孢子，的確會以為是幽靈吧。

天神屋的員工有時會需要穿越竹林去後山拿氣泡水跟酒，所以才會出現眾多目擊者吧。

「所以，白夜先生，這些蕈菇要怎麼處理？如果有毒的話就不好了。」

「它們並非毒菇。」

原本朝著臉搧風的白夜先生唰一聲闔上摺扇。

「反而還是極為稀有的高級食材。」

「咦，高級食材？」

我的耳朵抖了一下，對這個關鍵字有所反應。

「葵，算妳走運。入間菇長到那種大小，應該正是最好吃的狀態。而且要是錯過現身的期間，也無法採收回去。」

「真的假的！那我得趁今晚全部帶回去！」

一聽到這番話，我便立刻拚命採摘長在斷崖上的蕈菇。

白夜先生見我做出這樣的舉動，也絲毫不打算幫忙，只顧著與管子貓群玩耍。

「來，你們去把這撿回來。」

「哇～」

「看看誰動作最快～」

白夜先生不知從哪裡拿出一顆小沙包並投擲出去，與管子貓玩起比誰最先把沙包撿回來的遊戲。大家嘻鬧聲不斷，玩得不亦樂乎。

這畫面是怎麼回事……

這幅光景更像是恐怖片或是靈異現象，讓這夏夜更添涼意吧……

「呼～～這樣就搞定了。」

我採集了所需的分量，將入間菇用平時隨身攜帶的包袱巾裝起來，「嘿咻」一聲把包袱抱在胸前。

至於白夜先生，則與管子貓們玩得精疲力盡，一屁股坐在大塊岩石上。
「結束了嗎？那該回去天神屋，針對幽靈騷動事件進行報告了。」
「嗯嗯，是呀。不過真是太好了呢，白夜先生。你很擔心管子貓是否遭到盜獵對吧？」
「什麼？我、我才沒有……」
白夜先生事到如今仍支吾其詞。見他如此反應，還沒玩夠的管子貓便成群湊了上去。
「咦～白夜大人擔心我們嗎～」
「我們要是不在了，您會很寂寞嗎～」
「喂，你們這些小貓崽們別得意忘形了。全要怪你們缺乏戒心。」
「咦～～」
白夜先生開始責備調侃自己的管子貓群，就在此時——
「奇～怪～了～？」「救命呀～」竹林的方向傳來管子貓們毫無緊張感的喊叫聲。
「！」
白夜先生聽到後臉色一變，拔腿衝向聲音來源處。
「白、白夜先生？等等我啊！」
平常感覺根本不會跑步的他，一奔馳起來速度快得驚人。
我也拚了命地追在後頭，懷裡還抱著一包入間菇。
原先留在竹林深處的管子貓，正往四處逃竄。

「喂，你們是怎麼了！」

「白夜大人～請救救我們～」

「要被抓走了～」

定睛一看，才發現現場有兩名男子，而且我們馬上明白兩人的身分為何。

他們是侵入天神屋境內的盜獵者，正在抓捕管子貓並塞進竹簍裡，企圖把他們擄走。

體型一大一小的兩位男子一發現飛奔而來的白夜先生，便急忙打算逃跑。

「給我站住啊啊啊啊啊！你們這些盜獵者呃呃呃呃呃！」

然而白夜先生露出比鬼還猙獰的憤怒表情追趕著他們，可以感受到他絕不放過盜獵者的執著。

接著——

「可疑分子！接受制裁吧！」

白夜先生扔出的摺扇直直刺向抱著竹簍的（大隻）盜獵者頭上。

（大隻）盜獵者鮮血直噴並且倒地。他竹簍裡裝的管子貓們緩緩鑽了出來，臉上仍掛著笑容。看來他們平安無恙。

然而另一位（小隻）盜獵者則連同夥都棄之不顧，企圖逃之夭夭。

個頭矮小，動作也敏捷迅速。不過……

「你就認命是也。」

一道身影輕巧地從竹林上空降落，以迅雷不及掩耳的速度，從矮小男子毫無防備的背後出擊。

是庭園師佐助！

他用手臂勒住矮小男子的頸部並用小型匕首抵住，箝制對方的行動。

「沒想到果真有盜獵者的存在！」

「在下正好發現有外人侵入的痕跡，於是追了過來是也。」

接下來，白夜先生與佐助怒瞪著兩名盜獵者，開始進行訊問。

根據兩人的供詞，他們不知從哪裡打聽到天神屋後山住著身價不斐的管子貓，於是悄悄潛入館內。

看來他們應該是初犯，不過第一次就被白夜先生逮個正著，也真是不走運……

到頭來，原本為了幽靈傳聞而前往後山進行調查的我們，發現了所謂幽靈的真面目根本是誤會一場，但也成功逮捕了原本擔心的盜獵者。

「真慶幸有過來進行調查。」

「真的是。不過最近侵入事件接連發生，庭園師們必須多繃緊神經了。」

白夜先生猛然收起摺扇，那聲響令佐助嚇得抖了一下。

「在、在下這就去把盜獵者移送奉公所是也！」

接著他便帶著盜獵者一溜煙地消失了。

完美迴避白夜先生冗長的訓話，真不愧是忍者。

「真是的……」

「好了好了，白夜先生。反正我也成功入手高級食材，你也守住管子貓的安全，這豈不是一段皆大歡喜的溫馨佳話嗎？」

從原本的靈異故事演變至此，我卻喜出望外。

幽靈的傳聞也已證實是誤會一場，我最終仍未能親眼一睹妖怪化身成的幽靈。然而……事情就發生在此刻。當我與白夜先生一同走下竹林時，途中感覺到背後傳來一股涼颼颼的寒意，不由自主轉身一看。

「咦……」

一個模糊不清的身影佇立於竹林小徑的另一側。

那道白色人影好像散發著光芒，而且腳部呈現半透明。

是入間菇的孢子？不，雖然看不清楚面孔，但可以確定對方有著人類男性的外形，頭上長了兩支角。角的尺寸非常大，而且分岔成多枝狀。

「啊……」

說到這才想起來，傳聞中的幽靈有「角」啊。

但入間菇所噴發出的人形孢子並沒有長角……

我打起陣陣冷顫。

恐懼與寒意已侵襲我的全身。

「白、白夜先生，那、那是……」

我拉拉白夜先生的衣角，請他確認真相。

「嗯？喔喔……那個……是……」

白夜先生緩緩瞪大眼睛，推推他的單邊眼鏡。

接著他告訴我，佇立在遠方的那個白色半透明形體，正是妖怪所化身而成的「幽靈」。

事後，鐮鼬們在白夜先生的命令下，重新把整座後山搜查了一次。

結果在穿越竹林後的區域，從某個人煙稀少的河畔岩縫間，發現一具長有角的雄鹿屍骸。

根據白夜先生說明，過去曾有鹿妖棲息於這座後山，但從好久以前便消失蹤影。恐怕是經過這片岩區時被卡住身體而喪命於此，遲遲沒被任何人發現吧。

白夜先生帶著極度悲傷的語氣喃喃自語「總算能好好送他一程了」。

或許這隻鹿妖也跟管子貓一樣，曾經深受白夜先生的疼愛吧。

第六話

九月～奇異藥房的妖怪們～

我是天神屋的鬼神大老闆。

本名是剎，但鮮少有人如此稱呼我。

最近我把天神屋的營運管理全權託付給銀次、白夜與曉，自己則時常前往現世出差。

尤其在現世隱世的通行限制鬆綁後，我近期更積極前往現世進行調查，為的就是設法提升淨化藥的效能，以抑制長眠於地底的邪氣。

於是我造訪了位於淺草的某間藥房。

「歡迎光臨～啊！」

一位戴著眼罩的黑髮少年正在店裡值班，一見到我便露出頗為驚慌的反應，走向店內後方。

從店內深處現身而出的，是一位穿著氣派外褂並戴著單邊眼鏡的男子。

「噢，這不是天神屋的大老闆嗎？許久不見了。」

「你好呀，水連。」

身為店老闆的這位男子叫水連，真身是一種名為水蛇的妖怪，在人類所棲息的世界裡經商維生。

渾身散發可疑氣息的他其實是個頗有本領的藥師，在淨化鬼門大地邪氣的藥劑開發上，也有著不為人知的貢獻。

「大老闆您這人也真是壞心眼，每次都無預警地突然現身，回過神時才發現您已經回隱世了，就是不願意讓我盡一下地主之誼。」

「因為我是鬼不是人呀，總是比較隨心所欲點囉。」

我坐上放在窗邊的迎賓椅。

這是我的專屬席，每次來店裡時總會固定坐在這裡。

窗邊擺著早已過季的紫藤花點綴。

「請、請用。」

「謝謝你，深影。」

剛才在店裡值班的黑髮眼罩少年緊張地為我端上藥草茶。

貌似受雇於藥房的這位少年，其實真身是八咫烏，也是在現世大家耳熟能詳的一種妖怪。八咫烏早在遠古日本神話中就已存在，地位遠比一般妖怪崇高，並且相當長壽。

「呸咻～」

他的腳邊有一隻體型圓潤的企鵝雛鳥，正用一雙圓滾滾的眼睛盯著我瞧。

我記得牠好像名叫「麻糬」。

麻糬並不是企鵝妖怪，而是一種名為月鶇的鳥妖，擅長幻化為各種外貌，但他卻莫名堅持保持企鵝雛鳥的外型。

聽說他的主人正是與我同為鬼族，居住在淺草這裡的兩位舊識。他們把麻糬視如己出般悉心養育。

「所以，淨化藥的進度如何呢？」

店主水連朝我走來，在對面的位子坐下。

我們彼此拿著菸管吞雲吐霧，同時開始討論起藥劑的事。

「邪氣的淨化狀況相當順利，不過，若能稍加改良後順利量產就太好了。我們家的溫泉師也盡力了，但光靠隱世的藥材與原料還是有極限。」

「畢竟隱世是個彈丸之地，僅有現世的九州地區那麼大。」

「所以才想借助現世豐富的藥材與靈藥相關知識。水連，這正是你大展身手的時刻了。」

「呵呵呵，畢竟我這個妖怪在現世活了超過千載之久，還具備豐富的大陸藥學知識嘛。」

水連語帶自滿地說。

我記得他是出身自中國的妖怪。在千年以前遠渡日本後，便長久定居於這個國度。

「還有，我這裡有樣東西，請大老闆務必過目。」

水連從和服袖口內取出一只瓶子，擺在我的面前。

瓶中裝著半透明的果實，長得宛如糖果一般。

「這是在京都深山中祕密製造的寶果。據說是天界的天女所帶下來的一種果實，價值不斐且鮮少流通於市面，我靠關係才順利弄到的。這有可能成為拯救隱世的仙丹。」

水連補充說明目前還需要進一步研究，但他仍揚起嘴角露出充滿自信的笑容。

「噢噢，這果實裡的確充滿挺奇妙的靈力呢。」

我把小瓶子拿到眼前，晃了晃瓶身。

寶果在每一次晃動中散發出燦爛的銀光，一會兒後又平息下來。但仍隨時保持著幽幽微光。

這是何等清澈且澄淨的靈力。

同時卻又帶著一股奇異的氛圍，彷彿不屬於這世上應有之物。

原來現世還存在著這種原料嗎？

「我暫時先請同業好友幫忙，同時也自己進行研究。若這寶果有運用的可能性，我再向您報告。」

「嗯，就拜託你了，水連。你總是如此可靠，老實說是天神屋求之不得的人才。」

「啊哈哈！我不待在現世又怎麼能發揮價值呢。況且，我若揚言要去隱世，不知那兩人會作何反應……」

水連露出苦笑，將視線斜瞥向一旁。

他口中的那兩人，指的正是自己所侍奉的主子。

千年之前——

在我仍身處現世之時，曾受「酒吞童子」與「茨木童子」兩位大妖怪頗多關照。他們是一對夫妻，也是水連與這藥房裡的妖怪們所侍奉的主子。

這對夫妻在現世留下許多知名軼聞，曾一度經歷死別，現在則轉生為人類在淺草這裡生活。

水連則是效忠於茨木童子的四大眷屬其中之一。（註2）

要是把那位茨木童子疼愛有加的眷屬挖角到天神屋，她的確可能怒髮衝冠地跑來找我算帳。說起來，她本來就不怎麼喜歡我呢。

「對了，大老闆。您不去見酒吞童子大人一面嗎？」

「酒吞童子他忙於求學與打工不是嗎？況且還有他的夫人盯著，畢竟夫人對我充滿不信任呢。」

千年以前，我曾帶著酒吞童子到隱世旅行。

結果我就在隱世留了下來，讓酒吞童子一個人回現世。

「啊哈哈！也是啦，酒吞童子大人與大老闆就像一對損友嘛。哎呀～我個人倒是很惋惜您怎麼沒把酒吞童子也留在隱世呢。」

「沒辦法，他堅持要回到夫人身邊。誰叫他從當時就是個疼愛妻子的模範丈夫呢？那時的我完全無法理解酒吞童子的心情，如今總算能領悟，有一個必須回去的歸宿、有一群等著自己回去的人，是非常幸福的。而且也能體會身旁有愛妻陪伴的感覺。」

「哇～大老闆您也徹底成為一位好丈夫了呢，我這個單身漢聽了實在倍感煎熬呀。」

水連誇張地把上半身往後一仰。

「你單身明明是出於自願。」

接著換我露出苦笑。

因為水連這妖怪正體驗著某種我未曾嘗過的戀愛滋味。

他心甘情願全心投入一段絕對不可能開花結果的戀情。明知不會有回報，他仍長伴對方身邊至今。

妖怪在性格上的硬傷，就是過於專情這一點。

以及每一段戀情都將永遠刻骨銘心。

「不過呢，要是酒吞童子當時選擇在隱世過活，或許也會連帶改變隱世的歷史吧。而他可能也不用走到喪命這一步了。」

我一邊吐出菸霧，一邊說著早已無法改變的事實。

「這些都已成過去了。超過千年以前的往事我們還掛在心上，妖怪這生物無論是生於隱世還是現世，都一樣無可救藥呢。這種性格在人類口中應該就稱為『不懂得放下』。」

水連也若有所思地吸著菸管。

我們兩人只要一聚首，就會讓這間店瀰漫菸霧，害得待在不遠處的八咫烏少年被菸霧嗆得直咳嗽。

註2：詳情請見「淺草鬼妻日記」系列。

「說起來，現世本來就不是個能讓妖怪昂首闊步生活的世界。雖然人類與妖怪如今達成一定程度的和平共存，但終究還是妖怪配合人類化為人形，遵循人類社會的規範來過生活。只要一有踰矩就馬上受到懲治。」

「……你是指驅魔師嗎？」

「是呀，不過其中也有好人就是了。但在我們看來，隱世能讓妖怪在同類的統治下活得像個妖怪，簡直是奇蹟般的樂園淨土。若因為邪氣的影響而崩壞實在可惜，甚至可能破壞了其他異界的平衡。」

水連命令被嗆了好幾次的八咫烏深影去拿某樣物品。

深影勉強地把東西拿過來並攤平在桌面上——那是一張巨大的老舊地圖。

然而上面記載的並非現世這裡的地理資訊，而是現世、隱世、常世、黃泉、地獄與高天原這些異界之間的關係圖。

最頂層是眾神所棲息的高天原。

最底層則是罪人淪落的地獄。

高天原、黃泉、現世、隱世、常世、地獄——

有一說認為我們所存在的世界，是依照前述順序由上往下排列，形成有如地層般的縱向結構。

其中以現世、隱世與常世這三界的距離被認為最為接近。特別是規模最小的隱世，與常世呈現平行分布，彼此相比為鄰。

與其把隱世當成一個獨立的世界，更精確的定義應該是「與常世相隔著一片黑海的離島」。簡而言之，隱世原本就屬於常世的一部分。

「對了，水連。你有什麼關於常世的消息嗎？」

「我正打算跟您聊聊常世的近況。但我人待在現世，沒什麼機會打聽到常世的消息。不過，最近可以強烈感受到那裡的妖怪正打著什麼算盤。」

「常世的妖怪嗎？」

「尤其是那群賊狐狸，我聽說九尾狐是掌握常世權力中心的妖怪。我們此時此刻也正為了出身自常世的狐狸們傷透腦筋呢。」

水連諷刺地嗤笑。然而站在我的立場，對於他們的內部狀況略知一二，也感到很傷腦筋。不過，狐狸是吧……

這麼說起來，為天神屋效力的九尾狐銀次，據說也是在年幼時飄洋過海來到隱世的南方大地。

「啊！」水連不知想到什麼而叫了一聲。

「對了，大老闆您要吃銅鑼燒嗎？」

「噢噢！銅鑼燒是我最愛的心頭好。」

就在話題變得嚴肅之際，水連的這句話讓我有興致來吃個甜點休息一下。

特別是這間淺草老店賣的銅鑼燒，無論何時品嘗都是鬆軟可口的極品。

我心想回程時必須替黃金童子大人大量採買一番。

對了，連同天神屋的大家的份一起買回去當作紀念品吧，希望店裡還有存貨……

「喂～～木羅羅，別顧著待在房間裡面看電視了，幫我把銅鑼燒拿來好不好？」

水連回過頭去，扯開嗓門大喊。

一會兒之後，一位女僕造型的少女現身。她有著一頭淡紫色的頭髮，整個人散發出神祕的氛圍。

「什麼嘛，原來鬼神來啦。」

「喲，木羅羅。好久不見了，真高興再次見到妳。」

「相隔了千年也算嗎？不過還真的是好久好久不見了，我也很開心能見到鬼神你。」

說話語調獨樹一格的她，其實也是我的舊識。

這位名為木羅羅的少女是紫藤樹精靈。

早在千年之前，我們時常在她的樹下舉辦宴會。

無法離開樹木本體的她，總是渴望有人能陪她說說話，於是我不時當起她的聊天對象。

雖然我用「她」作為代稱，但其實木羅羅實際上沒有性別。

像她自稱時也跟我一樣，是使用男性的「我」(註3)。

穿著女僕裝的木羅羅，稱職地把放著銅鑼燒的盤子端來我們面前。

她自己伸手拿了其中一個，輕巧地在我隔壁坐下，這倒不怎麼像女僕該有的舉動了。說起來她到底為何穿著女僕裝？是出自水連的個人嗜好嗎？

「喂，不准擅自坐在客人旁邊啦，木羅羅。」

「又沒關係，我好久沒見到鬼神了。」

「我也不介意，木羅羅還是一樣可愛呢。話說妳現在已經可以脫離紫藤樹自由行動啦？」

「只要記得把樹枝放在身邊就行啦，我也是會成長的。」

木羅羅伸手指向窗邊。

啊啊，原來如此。那裡的確放著裝飾用的紫藤枝，開著不合時節的花。

我也拿起自己最愛吃的銅鑼燒。

這家店的銅鑼燒裡，我比較偏愛白豆沙口味的。無論吃過多少次，這鬆軟的麵皮總是令我驚豔。

「我打算在離開前買一點回去，送給黃金童子大人。」

「黃金童子大人啊……她有時會來店裡串串門子。不過最近沒見過她出現呢……不知道她是否安好？」

「好得很呢，那位大人根本不知道老化為何物。」

註3：原文為「僕（Boku）」。

「啊哈哈！她確實永遠充滿年輕的朝氣，她最近在忙什麼？」

「不清楚呢。畢竟她總是往返於隱世各地，站在遠比我更高的立足點上運籌帷幄。」

為了拯救這個名為隱世的世界，這裡的妖怪各自在自己的崗位上費盡心思、竭盡所能。

我也必須在有生之年持續追尋解決方案。

因為這是用我這條性命做為交換條件，所做出的一項約定。

另一方面，由人類所主宰的世界——現世，也正對隱世產生諸多影響。

居住在現世的妖怪，數量其實比隱世裡的還來得多。他們仍一路修煉自身的幻化能力，耗費漫長的時光尋求與人類的和平共存。

在這段歷史中，高等的大妖怪因為與人類對立而遭殺害的軼聞多不勝數。

自從隱世與現世的通行限制解除，今後不光是妖怪，人類自由出入異界也將逐漸成為稀鬆平常的活動吧。

除了我的妻子葵以外，隱世未來也將迎接其他人類在此大放異彩的瞬間。

能對隱世妖怪造成重大影響的人物也必定會現身，就如同過去那位津場木史郎一樣。

為了守護隱世這世界，今後必須借助現世妖怪與人類的力量。

而隱世也將會輸出各種新事物與人才到現世吧。

屬於妖怪的國際化正在一步步進行中，距離實現的那一天並不會太遠。

「對了對了。我考慮在明年秋天找個時間，帶我們家員工來現世旅遊。這是我一直很想實踐的心願，但天神屋最近總是不太平靜。」

「噢，天神屋的各位總算要大駕光臨啦。」

水連咧嘴一笑。

「到時候我會再來露個臉的。那我今天就先走一步了，水連。還有木羅羅跟深影，下次再見了。代我向酒吞童子還有他的夫人問聲好。」

沒錯。

等「時候到了」，還請多方關照。

我們能自由造訪現世，並且招待他們來隱世一遊的那個未來，就在前方不遠處。

第七話

十月～傳聞中的美女～

來到楓紅時分，也是天神屋投入最多心力的季節。

一部分是因為適逢旺季，整間旅館上下都忙得不可開交，無暇欣賞紅葉美景。在這樣的期間，據說有一位美得驚為天人的女性前來天神屋住宿。

然而，那位女性始終滿面愁容，茫然地凝望著天神屋的庭園。

告訴我這件事的人，是擔任大掌櫃的反之介。

反之介的真身是一反木綿妖怪。

過去的他仗著自己身為八葉之子，在隱世橫行無阻，是個無腦的紈褲子弟。但如今已洗心革面，在天神屋奮發工作。

在曉的底下被各種奴役的他，終於能發揮蘊藏的才能，在曉成為小老闆後便接下大掌櫃的位置。或許這要歸功於曉記恨反之介過去曾跟蹤騷擾自己的妹妹，而極其嚴苛地加以栽培，才造就了現在的他。

「我說你呀，就算再怎麼愛好女色，也不許把歪腦筋動到客人身上喔。」

在休息時間，我用一臉無言的表情聽著來夕顏吃飯的反之介娓娓道來。

「哎喲，葵小姐。我才不是帶著那樣的邪念關心客人……應該吧。」

他把眼神飄往一旁。

「那不然你說說，你到底擔心人家什麼？」

「該怎麼說呢，因為看她的表情總是心不在焉，或者該說帶著濃濃的哀傷嗎？而且在這房價高漲的旺季，住上整整一個月，讓我猜想她或許有什麼難言之隱。」

「就是所謂的療傷之旅吧？」

「或許吧。但我們面對這樣的客人，必須早一步釋出關懷才行。再怎麼說，要是房客在天神屋裡做出自殘或是輕生之舉，可就傷腦筋了。畢竟旅館這種地方，本來就夠常發生類似的事件了。」

原本正吃著今日炸牛排定食的反之介，停下了手邊動作，一臉嚴肅地如此說。

「原來是這麼一回事。」我也被他說服。

我聽說天神屋過去也發生過客人投溪谷自盡啦，或是在客房裡悄悄輕生。當然，在這間旅館漫長的歷史中，似乎也少不了溫泉殺人案之類的事件……

因此，員工們多關心客人狀況以避免類似悲劇發生，這樣的防範也是很重要的。

據說最近越來越多住宿設施傾向跟房客保持一定的距離，但我們這裡是充滿人情味又保有傳統之美的旅館，特色就在於能夠彼此交談，享受人際交流的樂趣。

「想必那位美女也經歷了什麼痛徹心扉的難關吧。擅自插嘴過問不太好，但釋出一點關心或許不錯吧，但你可別忘了自己可是有未婚妻的人。」

「……唔，嗯哼。」

他露出可疑的表情，啜著味噌湯。

或許反之介真的只是好奇那位美女內心的煩憂，但這男的過去前科累累，所以我還是姑且告誡他一聲。

啊啊，不過他最近真的洗心革面許多，也比其他人付出多一倍的努力以做好大掌櫃的工作。雖然外表看起來還是這副樣子。

幾天過去後。

不只是反之介，就連其他男性員工也開始傳起關於那位傳聞中的美女的事。

他們說女子看起來實在過於悲傷，彷彿內心傷痕累累，那模樣令人不忍目睹。

見大家都如此掛念那位女子，讓我也莫名擔心起來了。

這一天，我從一大早便待在夕顏內忙著進貨與準備食材。

今天傍晚將迎接文門狸一族蒞臨用餐。

文門狸一族是與宮中關係緊密的大人物，詢問之下得知他們愛吃的東西是柿子。於是我正在準備利用甜柿入菜的料理與甜點。

準備工作告一段落，我走到店外舒展筋骨，打算曬曬太陽。

稍微做了點簡單的伸展操之後，我發現有人從中庭不遠處緩緩漫步過來。

「啊……」

我頓時便認出，她正是大家口中所討論的那位美女。

女子有著一頭翠綠色的長髮與空靈的眼神，吹彈可破的白皙肌膚上套著淡雪白色的和服。

她維持著低垂的視線，茫然佇立於中庭池塘前凝望著池裡的鯉魚，彷彿若有所思。

臉上幾乎未施脂粉，頭髮也僅僅簡單綁在後面，卻仍美得沉魚落雁。難怪我們旅館的男員工會如此群起騷動。

不過，她竟然在妖怪睡得正香的清晨時段外出走動，到底是怎麼了？

「呃……早安。」

我小步疾行而上，試著向她打招呼。

對方露出些許驚訝反應，但看見我後仍低頭致意。

然後又繼續望向池塘。

原來如此，的確是柔弱得令人擔心……

「呃，那個……您起得真早呢，是睡得不太好嗎？」

我再一次向她搭話。對方停頓了一會兒後，微微抬起臉回應我。

「……不是的，只是因為昨天午睡不小心睡了太久。」

至於她的聲音，雖然細小微弱得像喃喃自語，卻又似潺潺溪流般悅耳怡人。
不知道她到底是什麼類型的妖怪？
「我叫津場木葵，是這間旅館的員工。」
「……」
女子的眼眸中亮起微弱的光芒。
「噢，是那位有名的……人類之子。」
「呃，您果然也認識我嗎……」
不過也多虧了我的名聲傳到她耳中，似乎成功讓她對我提起些許興趣。
「請問您怎麼稱呼？」
「我……我名叫翡翠，原形是翠鳥妖。」
「喔喔，原來如此。」
外型原本就好看的鳥類妖怪，幻化成人形時大多會是充滿空靈仙氣的美女。
然而，翡翠小姐身上散發的那種空靈，卻陰沉晦暗得令人懷疑原因不單單僅是如此而已。
「呃……我這樣問或許有點多事，不過您是不是有什麼煩惱呢？」
我在她旁邊蹲下身子，索性直接開口詢問。
翡翠小姐蹙眉並陷入短暫沉默。
我原本焦急地心想自己為難了對方，結果她露出苦笑後如此回答。

「沒什麼特別的，就只是失戀罷了。」

「咦……」

這答案反倒出乎我的預料。

這般閉月羞花的美人竟然也會失戀。

對方到底是個多風流倜儻的美男子呢？

「我是出身自地方的豪門子女，雖說是豪門大族，其實真的只是深山裡的鄉下人家……我與一位來到我們村落的妖都男商人邂逅，墜入了愛河。或許是因為生平初次見到充滿都會氣質的紳士，所以沖昏了頭吧。」

翡翠小姐微微苦笑。

「對方在村落裡停留了兩季的時間……然後留下會再度來訪的承諾之後，便回去妖都了。但我似乎沒有耐心待在原地癡癡等他了。」

她的口氣極度平淡。但或許是周圍過於寧靜，讓我帶著緊張感聽她娓娓道來。

「在父親反對下，我堅持追隨對方離家前往妖都，並在那裡就業與工作。」

翡翠小姐表示，在異鄉打拚雖然辛苦，但由於自己略懂家務活，便住在某名門老夫婦家裡當傭工，同時向出入家中的商人打聽那位男子的消息。

半年過後，她找到了對方的下落。然而……

「我這才發現對方在妖都早已有妻小，自己徹底被玩弄了，而且我在他心中的地位遠遠不及正妻。當我一現身，他露出驚訝慌張至極的反應，丟了一筆分手費給我，要我別再去找他，還說是他對不起我。這真的是個常見的故事。毫無意外、平凡無奇的結局……」

她的聲音彷彿快消失在空氣中。

或許，這確實是一個常見的故事。

翡翠小姐說她在那之後返回家鄉，得知父母相當擔心自己。

由於她選擇認分退出，讓這次事件得以平息，未引發更大的風波。但那位男方的這番行為真是罪孽深重啊。

我的祖父津場木史郎據說也曾在各地留情，或許背後也讓許多女性為他承受不為人知的辛酸而默默流淚。

不過，聽完總覺得心裡還是不太能釋懷。

既然得知對方是個無情郎，應該就能徹底死心斷念吧。

老實說，面貌如此標緻的佳人，隨便都能找到下一個好對象不是嗎？

畢竟就連天神屋裡的男性眾員工都一窩蜂地群起騷動了。

然而，翡翠小姐的故事尚未結束。

「結果我不知怎麼地，頓時失去了所有幹勁。我變得總是茫然放空，連怎麼哭、怎麼笑都忘記了。我原本在大家口中還是個活潑外向的男人婆……」

「咦？」

從她目前的形象，一丁點都找不到所謂男人婆的影子，讓我十分驚訝。

不過，為了追隨心愛之人而遠赴妖都的實際作為，或許也印證了她是個行動派。

「當我回到家鄉後，成為村民之間嚼舌根的話題，被說得相當難聽。雖然這只能怪我自己，但無數的流言蜚語聽在我耳裡，或許真的太難以承受了。於是我決定花掉所有分手費來天神屋住宿，我想我大概渴望一段獨自沉澱的時間吧。」

啊啊……原來如此。我明白了。

翡翠小姐為了追隨已婚者而離家出走遠赴妖都的行為，在村裡遭到批判啊。

想必她的每一天都度日如年，像在失戀的傷口上灑鹽吧。

不過就是一段情傷罷了，還被不了解實情的外人說三道四，擅自散播流言蜚語，而讓她的心靈逐漸被侵蝕吧。

「我想說一個人好好沉靜一段時間，或許也能讓心裡的鬱悶得到抒解。我希望可以調適好一切，重新出發。」

「嗯嗯……」

我緩緩點頭。

天神屋可以提供旅客一段脫離日常的特別時光。像她一樣渴望轉換心情時，來這裡住上一段期間，放慢步調過生活，或許是個不錯的選擇。

「那請您光臨一趟夕顏吧，我幫您準備一份特別的早餐！」

我站起身，邀請翡翠小姐前來店裡。

「可、可是，天神屋客房已經有附早餐……」

「那不然，就當成早餐前的輕食小點吧。反正分量沒多少，又滑溜好入口，請務必嘗嘗。」

「……滑溜？」

翡翠小姐看起來一頭霧水，但仍跟著我來了。

一大早就開門營業的夕顏，想想店名應該叫朝顏才對。

我請翡翠小姐入座吧檯席後，立刻進入廚房內場著手準備。

說要準備，其實東西早已經做好並放入冰箱冷藏了。

端到她面前的，是一道裝在陶杯裡的涼點，內容物呈現微微的暗橘色。

「這道是柿子布丁。」

「柿子做的……布丁？」

「您喜歡柿子嗎？」

「嗯嗯，那當然了。」

翡翠小姐直盯著質地充滿彈性的柿子布丁。

柿子布丁是利用秋天盛產的柿子搭配食火雞蛋、鮮奶油與牛奶製作而成，風味醇厚又溫和淡雅。

布丁的甜度來自熟透的甜柿本身富含的甘味，所以減少了砂糖的使用量。

「天神屋後山現在有滿滿的柿子可以摘採。因為今晚正好有愛吃柿子的客人要光臨夕顏，所以我先準備了柿子口味的甜點。您不嫌棄的話請幫我試試味道吧。」

「噢……但這是為其他客人準備的吧？」

「別擔心！我做了很多，絕對夠吃的。」

「……」

翡翠小姐聽完後露出放心的表情，伸手拿起湯匙。

「布丁啊……以前在妖都工作時，曾經嘗過僅僅一次，留下了非常美味的印象。這次是柿子的……」

「沒錯，柿子口味的布丁。」

她似乎不太能想像滋味如何。用湯匙挖了一口品嘗後，對入口即化般的軟嫩口感感到十分驚奇，但仍嚥了下去。

翡翠小姐臉上微微露出放鬆的微笑。

「天啊……這是何等優雅的甘甜，可以感受到食材本身的風味，而且莫名給我一種熟悉的懷念感。」

她原本空洞的那雙眼神，好像找回了堅定的光芒。

印象中，柿子就連在現世也大多是秋季才能品嘗到的期間限定食材。

或許這就是原因吧。正因為這充滿日本風味與色彩的水果並非隨時都吃得到，所以才讓人特別想念。
此外，甜點本身就具有帶給人幸福感與活力的效果。
加上這滑溜的口感，在食欲不振時也能輕鬆入口。真慶幸在偶然之下做了這道甜點，歪打正著。
「那個……」
此時，我扭扭捏捏地開啟話題。
「其實我過去也曾經歷過被人說三道四的時期。」
「咦？葵小姐您嗎？」
翡翠小姐頓時停住了享用柿子布丁的動作。
「是的。因為我看得見妖怪，在現世被當成有點古怪的孩子。上大學後才學會如何與周遭人拿捏適當距離，以及懂得看場合說話，才免於被人背地裡中傷。但是，小學跟國中時期被排擠的狀況最為嚴重……」
多虧身旁還有爺爺懂我，我才能熬過來。
然而，至今我仍會不時想起當年的事情。記憶中周遭人的惡意中傷、冰冷視線與嘻嘻哈哈的訕笑聲，依舊會令我胸口一陣揪痛。
再怎麼努力解釋，也無法獲得他人的理解。
當年的我只能唯唯諾諾地隱忍。

雖然內心一部分早已認命，覺得只要有爺爺在，其他人不懂我也無所謂。但我終究失去了那位唯一的知己，然後踏上隱世這片土地。

以我的狀況來說，是被大老闆硬抓來的才對，不過……

若要說當時內心絲毫沒有一點逃避現實的念頭，那絕對是騙人的吧。

所以我總覺得，自己多少能理解翡翠小姐的心情。

「請您在天神屋這裡隔絕周遭所有噪音，放鬆休息到心情好轉為止吧。然後，當您覺得又快陷入低潮時，請隨時光臨夕顏。我會為您準備您愛吃的料理。」

我接著高舉起拳頭強力主張。

「況且，隱世這裡多得是男人。搞不好一場全新邂逅就在天神屋等著您！我們的員工也都非常在意翡翠小姐呢，畢竟您是個大美女。」

翡翠小姐從剛才開始就愣愣地眨著眼。

「葵小姐，非常謝謝您。」

接著她伸出纖纖細指，擦去盈滿眼眶的淚水。

感覺她內心的情感已逐漸被喚醒，並且開始流露出來。

會哭或許是很好的反應，畢竟哭出來也能讓心裡暢快許多。

「其實昨天家父來過一趟，要幫我說媒，想必是擔心我繼續鬱悶下去吧。雖然我原本完全不感興趣……但總不能永遠畏懼迎接新的邂逅，我就試著與對方見一面吧。」

「哇，要介紹對象給您認識嗎？」
我輕輕合起雙掌。
「或許會是一位前所未見的完美紳士呢，反正若真的不中意，直接拒絕就行了！」
「呵呵呵，謝謝您。葵小姐說得真有道理。」
啊，她笑了。
那一抹笑更襯托出翡翠小姐的美麗動人，就連我一個女生都看她的笑容看得入迷。
只不過呢，天神屋的男員工們啊，真可惜了。當你們在一旁毛毛躁躁的同時，人家翡翠小姐似乎已經要迎來一段新緣分的降臨了。

沒過多久後，翡翠小姐似乎打算回客房，於是我送她到店門外。
「哇！」
一股強勁的風毫無預警地颳起。
陣風捲往天神屋後方的山上，吸引我們的視線。
面對紅葉陣陣婆娑的山景，翡翠小姐發出了感嘆。
「啊啊，原來楓葉如此美麗動人。我身處如此美景勝地，卻從未好好抬起頭看看。」
她一邊瞇起陶醉的眼神一邊說。
強風再度吹起，把染上紅黃兩色的楓葉捲得更高了。

「啊啊，整理好的頭髮變得又亂又蓬了。」如此心想的我，偷瞥往身旁的翡翠小姐，發現她的雙頰泛起了不亞於楓葉的嫣紅，正興致勃勃地享受著美景。「好吧，這樣也不錯。」我轉念一想。

而此時的我還不知道——

翡翠小姐被介紹的新對象，是我再熟悉不過的那個人。

第八話

十一月～來自大海另一端的兄弟～

我名叫銀次。

身為九尾狐的我，在天神屋擔任二老闆一職。

今日為了旅館的公事前往妖都，聽聞折尾屋的大老闆亂丸也來到此地，於是我們相約在熟悉的內臟料理專賣店「如虎添翼」碰頭。

進入店內的我，在二樓包廂內一邊望著窗外熙來攘往的妖都妖怪們，一邊等待對方的到來。

「……」

這裡從以前就是個熱鬧繁榮，生氣蓬勃的都市。

但在近幾年內，從現世傳入的新事物與現世風格的店面在妖都越來越常見。

也能不時見到妖怪不作日式打扮，而開始穿起西服的。

尤其是時尚敏銳度特別高的那些貴族，爭相引用現世流行元素，向其他妖怪誇示。

說起來，現世的文化原本就有逐漸從妖都這裡往地方滲透的現象，只是來到最近，新資訊的流通速度更是變得飛快。或許是因為今非昔比，現在多數的妖怪都可自由來往現世與隱世了。

而現世的妖怪也會來隱世這裡觀光，兩地的往來與交流因此變得更積極。

一切的原因就在於，妖王大人逐步鬆綁了通行限制。
也因此，負責把關異界出入口的八葉也有更多工作了。
對天神屋與折尾屋而言，猶如搭上一趟順風車。身為接納異界旅客的旅館，也正迎來一片榮景。
「喲，銀次。」
晚來一步的亂丸已先褪去折尾屋的外褂，整個人呈現微醺狀態。
「……亂丸，你已經先開喝啦。」
「又不是我願意的，我剛在我們旅館合作的酒鋪進行酒品試飲。」
「這也是工作嗎？」
「是呀，是工作。」
我露出苦笑。亂丸心情似乎不錯。
身為九尾狐的我與犬神亂丸，是一對漂流到南方大地海域的孤兒。
我們來自何方？
為何我們身為異族卻有同樣被拋棄的遭遇，從大海彼端遠渡而來？
而我們又為何擁有能在南方大地舉行儀式的力量……
我從未深思過這些問題，但或許養育我們長大的磯姬大人，在過去早已預見了什麼。
磯姬大人常帶著我們在南方大地的海濱散步。

『不知道你們原本所處的世界，現在變成什麼樣了。』

然後她會一邊如此說，一邊凝望海的彼端。

「不過話說回來，隱世在這幾年之間也真的改變許多呢。該說逐漸貼近現世嗎……」

「你在瞎說什麼，目前還停留在模仿階段罷了。不過，跟現世的妖怪搭起商業交易的橋梁，也算是一個良機吧。我們的今後擁有無限光明。」

聊到這裡時，酒水和小菜上桌了。

店裡的開胃菜固定提供醋拌內臟。

這道料理是將內臟下水汆燙過後，淋上佐料與柑橘醋享用，口味十分清爽。

也是最適合下酒的一樣小菜。

「但無論世道再怎麼變遷，還是希望隱世能繼續保有自己的優點並且永遠流傳呢。畢竟，也不是各方面一味模仿現世人類就一定好……」

「哼！你們天神屋在身為人類的津場木葵幫忙獻策下受益良多，沒資格講這種話吧。」

「呃，哈哈哈……」

這話說得是。

「但要是變得像現世妖怪一樣，平時需要化為人形過生活就完了。再怎麼說，這裡可是我們妖怪做主的世界。」

亂丸邊大口吃著上桌的內臟串燒邊說。

串燒內臟可沾取甜味醬料後享用，醬料內添加了柚子胡椒，微微的麻辣之中富含多層次的風味，能將內臟的鮮甜襯托至極致。

這道料理同時也是店裡的招牌菜，能享受現烤的Q彈口感，而且越嚼越有滋味。

「……我說亂丸，你曾想過嗎？」

「想什麼？」

「關於我們到底來自哪裡。」

亂丸一邊細品著杯中物，一邊保持低垂的視線，沉默了片刻。

「……是啊，思考過幾次。我想我們應該是從常世漂流而來的吧。」

沒錯。雖然只是猜測，但我們真正的故鄉或許是常世。

據說南方大地的海域是最鄰近常世的地區。歸根究柢，南方大地會需要每隔百年舉行一次儀式，原因就在於從常世外洩的「邪氣」。

這些邪氣每百年就會突破常世與隱世交界處的黑海，為南方大地帶來天災。

然而，只要透過儀式來滿足與邪氣同時跨越黑海而來的妖怪「海坊主」，海坊主便能獲得把邪氣反推回去的力量，讓南方大地獲得百年的安寧。

「我在調查南方大地儀式的期間，也順便查了一些常世的資料。所謂常世，是長期處於人類與妖怪互爭霸權的一片巨大世界。雙方在那裡創造了許多足以毀天滅地的破壞兵器，因此導致地底邪氣大量外洩至地表上，讓眾多地區化為一片荒蕪，或是飽受天災危害。」

「那片黑海也被認為是用來封存地底外洩的邪氣與廢棄戰爭武器的地方。」

而負責管理那片海域的主人，正是海坊主。

「我還聽說，位於常世權力階層最頂端的妖怪，是九尾狐一族……不知道這是真的嗎？」

我在提問的同時，自己再度反覆咀嚼其中的意義。

「是呀，九尾狐之中好像還有再細分成天狐、空狐等不同階級。犬神——正確來說應該稱為狛犬——據說在常世則是效命於九尾狐一族的家臣，哈哈！搞不好你擁有常世狐妖的王族血統還什麼來著……而我就是你的侍從這樣吧。」

「別說這種異想天開的話啦。」

「誰說得準呢，我只是做合理的推測罷了。」

然而亂丸發出嘲弄般的咯咯笑聲。

「……我們或許是從那個沒有未來的世界被放生的吧。現在隱世與常世之間仍設有通行限制，但或許今後會有更多的妖怪，從常世漂流到隱世這裡也說不定。」

我大概能領會亂丸的話中之意。

要是真演變成那樣，隱世將會陷入混沌吧。

逐漸失去安居之處的常世居民，或許會渴求隱世這個人妖和平共存的天地。如此一來便會引發紛爭。

遭到流放的雷獸所預見的未來中，或許也包含了這樣的情況。

但是，隱世已傾注全力於開發與改良淨化邪氣的藥劑。
只要大功告成，今後無論有什麼萬一，我們也擁有跟常世交涉的談判空間。
「唉……一味想像著令人擔憂的前景，感覺好像會逐步成真。來想點正面的事情吧。」
我陷入苦惱之中，亂丸則還是一樣投來諷刺的笑聲。
「哈！天神屋的二老闆還真是老神在在啊，之後你也會明白八葉這個頭銜有多沉重。」
「你、你別亂說了，我怎麼可能成為八葉。再說我們還有大老闆在！」
「沒有太多時間悠哉了吧。百年短得轉眼即逝，這點我們應該比誰都更清楚才是。畢竟我們總是按照這個週期完成儀式。」
「……」
我當然明白。
大老闆與葵小姐不可能永遠留在天神屋。
就算再怎麼樂觀地估算，頂多一百年……
有時我會感到強烈的擔憂，擔心天神屋總有一天要面對這兩人的離去。
即使如此，這間天神屋以及底下的妖怪員工們，仍會用幾乎始終如一的樣貌繼續存活下去。
「再、再說……還有白夜大人跟砂樂博士在，八葉這職務是不可能落到我肩上的。」
我如此說著，同時將杯中黃湯一飲而盡。
其實我的內心一直都懷抱著忐忑不安，感覺自己被迫面對了平常一直逃避的問題……

亂丸看著我這副反應，又發出嗤笑聲。

「也是啦，未來的事情想再多也沒辦法改變，我現在反而比較認真擔心珍珠奶茶成癮者的過胖問題。」

「咦，這是怎麼一回事？過胖？」

「大家對珍珠奶茶愛不釋手而每天喝上好幾杯，結果變得肥嘟嘟的，簡直有害健康。」

亂丸若有所思似地望向遠方說。

明明沒多久之前，他還左一句珍珠右一句珍珠的。

珍珠飲品已經坐穩南方大地的靈魂飲料這個寶座，但據說熱量相當驚人。

由於珍珠本身是利用一種名為樹薯的根莖類植物所做成的澱粉物，每天攝取那麼多碳水化合物，要不胖也難。

即使如此，珍珠飲品似乎仍擁有令人無法招架的魅力，讓統管南方大地的折尾屋認真陷入苦惱。

「該乾脆訂立個法條，規定大家珍珠飲品每日最多限飲一杯之類嗎……」

「呃，哈哈哈……珍珠的影響力總是能令我為之震驚呢。」

在我們閒聊的同時，「如虎添翼」的招牌主菜牛雜鍋上桌了。

我與亂丸津津有味地吃著牛雜鍋，同時繼續聊著天南地北的話題，並且交換情報。

踏出餐廳的我們，走在妖都的夜路上。

來到這時間帶，醉倒在路邊的妖怪比比皆是。

此時正好有個醉漢迎面而來，撞上亂丸後自己倒地。

「喂喂，大叔你振作點啊。」

亂丸伸手拉對方起身，但對方似乎已喝得爛醉如泥，只顧著嘻嘻笑。接著醉漢又拿起手裡的酒瓶暢飲。

醉漢我平常在旅館內已經看多了，也熟知該如何應付處理。於是我去附近的攤販借了點水，打算給那位爛醉的男子飲用。

「唔，好濃的香水味。」

對方身上散發出強烈得嗆鼻的香水味，讓我不由自主掩鼻。

因為我這種妖怪嗅覺特別靈敏。

「啊哈～～看來大叔剛剛才在那邊的花街柳巷尋歡吧？」

亂丸伸手所指的方向，是全隱世規模最大的不夜城——被高聳的圍牆與河川所環繞的風化區。

就連我們站在原地，都能直接望見大門另一側掛著色彩繽紛且燈火通明的燈籠。

與醉漢身上同款的香水氣味，也隨風飄來……

一陣子後，男子的家屬來接人了。

妻子看起來深受丈夫行為所擾，仍直向我們頻頻低頭賠罪，並把男子帶走。

真是……

來青樓花天酒地，給家人添盡麻煩，還一臉幸福地爛醉。

「決定了。銀次，我們也上花街玩一遭吧。」

「咦？呃，我就免了吧……」

見亂丸興致勃勃地開口，我炸著毛搖頭拒絕。

「你搞什麼，還真掃興耶。總不能永遠對津場木葵戀戀不捨吧，不是有幾個相親對象找上門嗎？」

「這、這個嘛……」

最近我也開始接到這類的邀約。

原因在於大老闆已經成家，目前專注在八葉的工作上。而天神屋的管理營運，則交由我出面主持。

而我至今仍是個單身漢。

就連土蜘蛛曉都已經跟阿涼小姐結為連理，有了穩定的家庭。

「但我目前……光是天神屋的事情就應付不來了，該說還沒有足夠的餘裕嗎？況且我認為自己只要在一旁守護著大老闆與葵小姐，順其自然就好了……」

我嘀嘀咕咕地老實回答。

「哈！你還是一樣癡情耶。感覺只有你一個人忙得團團轉，扮演吃力不討好的角色，身為兄長的我看了有點火大。你也有權利多擁有一些自由時間，去尋找自己的幸福才對。」

「你在說什麼呀，亂丸你自己明明也是個單身漢。」

「我只是比較享受於一個人想玩就玩的生活型態罷了，而且我還有磯姬大人這個高標準在，要找到超越她的女人可不容易。」

「戀戀不捨的人明明是你吧……」

磯姬大人可以算是亂丸的初戀，她離世已經好一段時間了。

我看亂丸才該先踏出新的一步吧。

然而，妖怪自古便是公認的癡情代表，一旦墜入愛河後便永生難忘。當然，也有很多例外就是了。

「在這種奇怪的地方上，我們倒是很相似呢。」

例如專情這一點。

以及永遠忘不了初戀這一點。

還有需要時間試著踏出新的一步這一點。

「但總有一天我們也會遇見的。可能是明天、後天、一年後，甚至百年後……一個能讓我們真正放下初戀的對象，必定會出現。」

亂丸的發言不像他平時的作風，但說起來他其實有著意外浪漫的一面，這種性格在黃湯下肚後變得更加外顯了。

雖然目前完全沒有好對象出現的徵兆，但未來的事誰也說不準。

無論是對亂丸還是我而言。

只要我們以各自的旅館為舞台，全力以赴地度過每一天，或許就會有意想不到的邂逅降臨。

就像過去葵小姐出現在我面前一樣……

「所以說呢，現在就出發去花街吧！」

亂丸雙眼發出炯炯光芒，打算帶著我去風化區。

我堅定地抵死不從。

「亂丸！你只是單純想尋歡作樂而已吧，萬萬不可。我們必須顧及自己的身分，否則會被妖都新聞報亂寫些花邊新聞的。」

於是我強拉著一心想花天酒地的亂丸離開現場。

原本覺得鼻腔深處仍殘留著嗆人的香水味，但在遠離紅燈區之後，那股氣味也神奇地隨之消失了。

亂丸似乎醉得很厲害，一回到自己下榻的旅店便往地上一倒，直接呼呼大睡。

「又來了。」聽折尾屋的員工這麼說，看來這種狀況最近常發生吧，或許是公務繁忙所產生的反作用。

至於酒量過人的我雖沒有醉意，但一個人走在大街上卻感到一陣強烈的寂寞。

步行通過橫跨大甘露川的大橋時，我在半途上突然佇足，凝望著川流與林立於兩岸的攤販、高級料亭，以及遠方燈火輝煌的宮廷，陷入短暫的沉思。

自從葵小姐與大老闆結婚後，我便全心埋首於工作中，希望自己成為天神屋的支柱，撐起有他們在的這間旅館。

也因為這樣，在外地進行業務推廣的時間增加，幾乎沒空待在夕顏裡，像過去一樣與葵小姐攜手工作。

現在店裡有小愛小姐在，葵小姐也以自己的方式積極進行各種活動。

我與葵小姐之間所謂的距離感，好像逐漸有所轉變。

因此，過去兩人聯手經營夕顏的回憶不時會湧上腦海，讓我感到一陣落寞。那個天神屋裡的小食堂，是我與葵小姐從零開始打造而成的天地。

明明她現在也依然待在那間店裡。

「呼～～真冷……」

可能因為酒徹底醒了，我打了個哆嗦。

對過往歲月的緬懷就先到此打住吧，我也該回旅店了。

無論如何，我能做的只有仔細觀察、悉心傾聽，以及奮發工作，才能跟上瞬息萬變的隱世。

對我而言，目前最重要的使命是守護天神屋這間旅館的未來。

並且守護大老闆與葵小姐的未來。

以及將那兩人在天神屋留下的痕跡銘記在心，即使有一天生命會逝去，他們的精神仍會存在於天神屋，並且流傳後世。

第九話

十二月～朱門天狗家務事～

我名叫葉鳥，天狗葉鳥就是我本人。

原本我在南方大地折尾屋任職，擔任大掌櫃與其他雜七雜八的職務。如今我已功成身退，回歸故鄉朱門山。

至於為何要回朱門山，是因為我老爸松葉又因為耍任性而出了亂子，把老祖先從妖王手中獲頒的大酒杯給打破了。

如果狀況單純只是這樣，我也早司空見慣了。但問題在於，這一摔害我那個身為少主的老哥如今立場岌岌可危。

說起來，朱門山天狗一族本來就並非團結同心。

家族底下分裂成眾多派系，個個覬覦著當家的寶座。

老爸姑且算是長久坐鎮於朱門山的領導位置，原因在於他那種專斷獨行的天狗本色，或許也反映出一種領袖氣質。

然而，最近時代已經不同了。

老爸的作風已威信盡失，他只顧著肆無忌憚地到處惹事生非，導致越來越多店家與地區上門索討賠償金，並把天狗列為拒絕往來戶。

天狗被眾多妖怪疏離、厭惡，甚至排擠在外，這樣的狀況導致諸多商談跟著泡湯，現在連生意都做不成了。

如今天狗已不能繼續活得趾高氣昂了。朱門山的天狗也該學習謙虛，在這瞬息萬變的隱世求生存！

提出這項倡議的是我老哥——朱門山現任當家葉澄。

所謂天狗，是一種桀傲不遜、蠻橫霸道又愛好美酒與女色的生物，同時也是熱愛自由的天空支配者。

老哥努力想導正這些天狗的既定印象，但老爸卻對老哥的用心絲毫不領情，繼續擺出天狗的老樣子惹事生非。

『把自己的理想榜樣強加於天狗眾身上，卻放任松葉胡作非為。』

老哥雖然身為現任當家，卻成為眾所撻伐的對象。

再加上其他派系的天狗眾也開始群起騷動，宣稱老哥沒有資格繼續當家做主。

他們恐怕是暗地裡打著算盤，想趁此機會奪下當家寶座吧。然而，每當風波好不容易平息得差不多時，老爸又會捅出新簍子，讓朱門山陷入前所未有的混亂狀態。

「所以說，為什麼我非得去相親不可啊？」

我換上朱門天狗一族的傳統裝束，與朱門山當家——我老哥葉澄面對面，我的表情臭得不得了。

「這有什麼辦法。我們松葉家五兄弟本來風評就夠差了，至少你要好好結婚成家，穩定下來，否則朱門山當家這位子就要被叔父跟堂兄弟們給搶走了！」

「這種小事無所謂吧，乾脆直接賞給他們算了。」

我一邊掏耳朵一邊事不關己地說。

沒想到老哥滿臉通紅地發飆。

「說什麼蠢話！這對我們朱門天狗可是事關重大！」

是啦，的確。

追根究柢，一切的開端始於堅持貫徹天狗本色的老古板大老們，與主張順應時代學習謙虛的新生代這兩派之間的爭論。

現在的狀況也是衍生自上面的紛爭，演變成一時難以解決的複雜問題。但若不趁現在找到解決的出口，朱門天狗將難保不會分裂成兩派。

「為了避免演變成血腥鬥爭，我們兄弟必須齊心合力，想盡辦法才行！」

「……是喔，這樣喔。」

道理我明白，但實在興致缺缺。

老哥從以前就是老爸各種荒唐行為的受害者，在過往人生中一直把父親視為反面教材；因此，身為天狗的他卻格外地怯懦，個性上有些神經質與格局狹小的部分。

明明已經成家有了妻小，越缺乏穩重的威嚴與寬大的器量。
再這樣下去，真怕他傷神過度而禿了毛。
我會開口說要回來，一部分也是出於擔心他。然而……
「說起來，相親這種事……至今為止也試了好幾次，但沒什麼順利進展的前例啊。」
「那是因為你太缺乏誠意了。借用我妻子鷹子的評論，你渾身散發出『這個男人嫁不得』的氛圍。」
「唉～～鷹子大嫂也真不留情……」
我仰著上半身，用手心拍了一下自己的額頭。
但這是要我從何改起啊？
長久以來活得自由自在、無拘無束的我，如今卻被強迫結婚成家，留在這朱門山上幫忙扶持家業？
這也太不符合我的作風了。
實在令人鬱悶到心生抗拒。
我原本打算在這場風波平息後，就回去折尾屋的……
「是說，那雙葉老哥又如何？一般而言，扶持長兄應該是二男的責任吧？我是三男耶，這樣我太吃虧了吧！」
「雙葉又靠不住。那小子遠渡現世娶了個年輕嬌妻，現在還去參加什麼環遊世界郵輪之旅。

我才剛收到他捎來的風景明信片。」

「……」

的確，我們家二男雙葉老哥比我還更輕浮，滿口謊言，是個完全不值得信賴的男人。

我看了那張附圖的明信片，照片上是一位肌膚曬成淺褐色的歌舞伎演員，藏起自己的天狗翅膀，身穿印有熱帶植物的輕薄服裝，身旁還有金髮美女相伴，正一起享受著郵輪之旅。

可惡！太可惡！老實說有夠羨慕！

我又何嘗不想自由地遊遍四海，甚至還想過乾脆搬去現世，找個新目標闖蕩一番！

「那、那不然四弟秋葉呢？那小子個性認真耿直，能力也很強。雖然以前總是仗著自己頭腦稍微聰明一點，對我的態度彷彿充滿輕蔑！有那小子在，肯定能成為你的左右手發揮功效吧。把他叫回來吧！」

「……秋葉在宮裡效命。那小子也有他的打算，為了老爸這次的所作所為，忙著跟妖王說情。我們兄弟之中還是必須有人待在宮中才行。」

「這、這樣啊，有道理。」

四弟秋葉反而正處於最關鍵的立場才對。

把他帶回來的確並非明智之舉……

「那不然，五弟葉矢手呢？他最愛惜手足了，聰敏機靈又善解人意，這種性格反倒不太像天狗就是了。」

「他在文門大學任教，不是說回來就能回來。他說了，若有能幫忙的地方他也想盡一份力，那小子很善良的。但他在文門之地還有妻小要顧。」

「啊啊！我們五兄弟之中，顯然是最下面的兩個弟弟爭氣多了！」

我抱著頭扭來扭去，發出苦惱的呻吟。

四弟跟五弟恐怕在過去的成長路上，於內心立誓「絕不能成為二哥與三哥那樣」並引以為戒，才成長得如此端正吧。

葉澄老哥輕輕把手放上我的肩頭。

「所以說呢，葉鳥，我能拜託的只剩你一個了。這次的相親只許成功不許失敗。對方是地方豪門的千金。朱門天狗代代受到對方家族關照，而且是俊男美女雲集的翠鳥一族，你大可期待。」

「……翠鳥？」

「天狗一族多產男嗣，少有女兒。所以，要娶異族為妻的話，據說同為鳥類的妖怪是較好的選擇。」

這部分我早有認知。

也因此我們的母親是鷺妖，老哥的妻子則是鷹族。

而我的相親對象則是翠鳥是吧……

轉眼之間，擅自被安排的相親之日，馬上就到來了。

聽說我的相親對象是個名門千金。

光憑直覺想像，大概跟以前對折尾屋關照有加的雨女淀子小姐差不多吧。

我還心想「不知這次來的會是多麼高傲蠻橫的大小姐」，沒想到對方才剛駕到朱門山，便讓眾天狗的騷動聲響徹整座山頭。

因為現身的是一位身材纖細窈窕，有著翠綠色頭髮的女子，她美得驚為天人。

然而，她那充滿柔弱與空靈的氣質以及低垂的眼簾，看起來卻像薄命的紅顏，和老媽有些神似。

我立刻便擔心起來，她也是出於無奈才來相親的吧？

我們在會面的室內，隔著一張長桌面對面。

「我叫葉鳥，是前代當家松葉的三兒子。」

總之我先點頭致意並自我介紹。

在旅館當了那麼久的大掌櫃，無論面對誰都能言善道，個性親切隨和、正向積極又懂得帶動氣氛的我，在這場相親上卻緊張了起來。總覺得自己陷入一個窘迫的狀態。

然而，美女用竊竊私語般的微弱聲量開口。

「我名叫翡翠。」

她報上名字並點頭行禮，動作優雅有禮。

「……」

「……」

我們沉默了片刻。平常甚至被嫌棄不說話好像會死、輕浮又愛附和的我，此時莫名張皇失措，連想開口問個問題都辦不到。

結果——

「那個……我聽聞葉鳥先生您曾在旅館高就。」

翡翠小姐保持低垂的視線，輕輕開口問道。

沒想到自己竟然讓一位女性——而且是如此柔弱又被動的人替我顧慮，甚至幫忙主導對話。這真是我葉鳥一輩子的恥辱。

然而，也託她的福，我總算找到話題的開端。

「呃，是的。我過去在南方大地的折尾屋當了很久的大掌櫃，您有去過折尾屋嗎？」

雖然如此問，但我很清楚至少在我任職期間內，她從沒來過。

畢竟我記得每一位客人的長相與名字，況且這等美若天仙的佳人，我根本不可能錯過。

「……我沒探訪過折尾屋，不過前些日子倒是在天神屋住上一段期間。」

「哦？天神屋啊。」

我回以笑容，但其實心裡略有不甘。

什麼嘛，結果是他們家啊。好死不死偏偏是天神屋——我的心情大概類似這樣。畢竟我們姑且算是競爭對手嘛。

「天神屋的環境很舒適宜人對吧？我也在那邊工作過，所以對那間旅館略知一二。」

「噢……原來是這樣嗎？」

翡翠小姐的眼神中透露著好奇。我也開始來了勁，帶著笑容發問。

「請問您住在哪間客房呢？」

「我記得好像是叫……遊月。」

「啊啊，遊月！那間房可以一覽後山的自然美景對吧。通風良好又舒適，是我過去最推薦的客房了。」

「沒錯、沒錯，住起來真的非常心曠神怡。我探訪時正逢楓紅季節，紅葉還會不時飄進屋內。彷彿……時光的步調都慢了下來，在那裡讓身心靈都得到了充分療癒。」

……奇怪？

原來這位女性比我想像中還來得侃侃而談。

剛才會覺得她柔弱又薄命，純粹是被那與生俱來的氣質所影響嗎？

翡翠小姐臉上浮現一抹淺笑，淡得幾乎讓人難以發現。

「其實我在天神屋遇見了一位人類女子，對方是家喻戶曉的知名人物……」

聽她如此道來，我馬上就有所領會。

「啊啊！難道是小葵……葵小姐是嗎？在天神屋經營一間名為夕顏的小食堂，同時也是鬼神大老闆的夫人。」

「沒錯、沒錯，正是津場木葵小姐。其實我先前遭逢各種變故，正處於低潮之中，所以在秋季期間……於天神屋沉澱了一段時日。那時，便遇見葵小姐在中庭向我攀談。」

「那麼，她當時應該招待了您什麼餐點吧？」

我的疑問中帶著肯定。

聽見我一派自然地如此問起，翡翠小姐露出些許吃驚的反應，回答「是的。」

「我受她招待，品嘗了美味的柿子甜點，記得好像叫……柿子布丁。就連當時食欲全無的我也能輕鬆入口……那股溫和的甘甜彷彿包容了我疲倦的心，讓我回味無窮，並且感受到一股浸透全身的溫柔與療癒，我因此獲得重新振作起來的動力。會答應這場相親，也是因為那次的事情而轉念……」

「這樣啊。」

翡翠小姐回想著當時的經過，用緩慢卻堅定的語氣訴說著。

小葵的料理中所擁有的能量，常常令我為之驚豔。

「其實我以前也曾因為她的手作料理而獲得救贖呢。說來丟人，我直到前陣子都還是被逐出朱門山的身分。」

「噢，到底是發生了什麼事……」

「因為我跟老爸吵了一架。後來我離家出走，輾轉做了許多工作，最後留在折尾屋。我跟老爸就是在那裡受葵小姐招待，透過她的料理重新修復父子關係。」

當時的事情，應該會成為我永生難忘的回憶吧。

她還原了老媽親手做的料理，讓我跟老爸找回了對我們而言最重要的一段回憶。

要是沒有小葵，我如今應該仍是個被逐出家門的不肖子吧。

「天啊，原來葉鳥先生也曾離家過嗎？」

「……『也』？」

「我也有一段時期離家出走，在妖都的貴族家裡幫傭。」

哦？這段故事令我有點，不對，應該說頗為意外。

豪門大族的千金小姐會離家出走，這種狀況並不常見。

而且她給人的第一印象，明明也像是溫室裡的嬌貴花朵。

「不過經歷許多風波，最後我還是回家去了……現在想想，或許我當初應該像葉鳥先生您一樣，多去各地闖闖，體驗不同職場才對。我就是各方面都太過安於現狀了。」

「才沒有呢。只要踏出去看過一次外頭的世界，體驗過一次自食其力的艱苦，這些經驗必定都會成為未來人生的養分吧。」

聽我說完，翡翠小姐露出相當震驚的表情。

不過我也真沒想到自己如今能說出這番激勵人心的話呀……

淚水緩緩盈滿她的眼角。

「謝謝您。如果真是這樣，那我就太欣慰了。」

她揚起了夢幻而動人的微笑，就像一朵輕柔綻放的小花朵。

那張笑臉美得讓我頓時失語。

想必她懷抱著許多苦衷，各種複雜情緒一時全湧上了心頭吧……

純粹對於梨花帶雨的美人無法招架的我，在那之後難掩內心的悸動，完全失去了原有的從容。

不過話說回來，我對小葵只有滿滿的欽佩與感謝。

因為有她的料理，我才能跟老爸重續父子緣，並且與翡翠小姐聊得如此投機，還共享了彼此的傷痛與救贖。

在那之後，我與翡翠小姐順利結為連理。

而我仍在內心深處暗自感謝，或許一部分要歸功於小葵的料理。

下次見面時，好好向她拜謝一下吧。

第十話　一月～新年～

目前天神屋在除夕與新年的頭三天，固定不對外營業。
至於館內的除夕例行活動，就是進行大掃除、吃關東煮與搗麻糬了。
我也正在加緊製作關東煮並分發給大家，男員工們則努力把搗好的麻糬搓成小球狀。
當然，夕顏也免不了要來場大掃除。
不過由於有提前開始動手整理，所以三兩下就搞定了。
接著我目送員工們返鄉，自己則與留在天神屋過年的妖怪們一起吃吃喝喝。
然後帶著疲憊身軀呼呼大睡的我，做了個奇妙的夢。
是關於爺爺的夢。
但爺爺不是我所熟悉的那個白髮蒼蒼的老人家，而是穿著和洋折衷的學生服的年少模樣。
而我也回到了年幼時期的樣貌。
「好久不見。」我在夢中對爺爺說。
然後我問他「你過得好嗎？」
爺爺坐在河川對岸微微凸起的一塊岩石上，一發現到我後便勾起嘴角，邊揮手邊對我說。

「我在彼岸也過得很好。」
「真像爺爺的作風呀。」我如此心想，一股幸福感油然而生。
然而，我發現到一葉扁舟正在眼前的河裡漂蕩，小船上坐著人影。
我心頭為之一震，內心莫名湧現不安。
即使小船上的乘客明明背對著我，無法辨認身分。

○

我在清晨醒了過來。
這時段的天色仍暗，尚未破曉。
而我卻莫名地清醒，沒有睡回籠覺的念頭。
『葵，葵。』
「嗯？」
此時，外廊的防雨窗外側傳來了熟悉的人聲。
我拉開防雨窗，出現的人影不意外地正是穿得很保暖的大老闆。

唔唔，好冷。我只穿著睡衣說。

「新年快樂，葵。」

「新年快樂……呃，你是怎麼啦？大老闆。這麼一大清早地就跑來。」

「妳在說什麼？昨天不是約好了，今天要一起看新年第一個日出的不是嗎？」

「……咦？有這回事？」

我對此毫無記憶。但印象中我昨天忙著東奔西跑的同時，大老闆好像來找我搭了好幾次話。

我似乎敷衍地聽過就忘了。抱歉啦，大老闆。

「現在還來得及嗎？」

「沒問題。今天天氣晴朗，應該能看見完美的朝陽。」

「等等，我先火速去換個衣服再出發。」

回到房內換裝的我，像大老闆一樣穿得厚實保暖。

然後我試著搖醒仍在睡夢中的小愛與小不點，確認他們有沒有看日出的意願。

「我還要繼續睡～呼～～」

「我要睡覺覺，我才不要起床～」

見兩人如此回應，於是我便決定留下他們，自己出發去。

一踏出室外，便看見大老闆在白雪飄舞的庭園裡漫步，表情彷彿絲毫不受酷寒所影響。我則被這嚴冬清晨的寒意凍得用雙手摩擦身體。

「啊啊！一大清早真是冷透了。房裡光是有小愛在就暖呼呼的，但一來到外面就不行了。」

「那不然握住我的手吧，鬼的手很溫暖的。」

我毫不猶豫地緊抓住他伸出的手。

若是以前的我，可能還會難為情，或是倔強地認為握上去就輸了。但成為夫妻也有一段時間了，事到如今沒什麼好害臊的。

比起這些，重點是取暖。我需要溫暖。

蘊含著鬼火的那隻手散發著暖意，我緊緊地握牢了。

「啊哈哈！被葵這樣死命抓住手的感覺也不賴。」

「乾脆把整條手臂借我吧，讓我挽著你走。」

天神屋的本館寂靜得可怕。

畢竟今天沒有房客，員工也幾乎返鄉去了。

「話說空無一人的旅館還真有點恐怖耶。」

「妳旁邊就站著一隻鬼，還有什麼好怕的嗎？」

「也對。這樣一想，還真是無所畏懼了……」

我們順著本館內長長的階梯而上，經由大老闆的辦公室走往外廊。

因為從這裡能清楚望見新年第一個日出。

「啊，葵小姐。新年快樂。今年也請您多多指教了。」

「銀次先生！新年快樂！今天也請多關照啦。」

銀次先生已經在現場等候了，他恭敬地低頭行禮並獻上新年祝福。

「是說，銀次先生今天有好好睡一覺嗎？我記得昨天你跟留在天神屋的其他員工喝到很晚對吧。」

「呃～其實妖怪不需要那麼多的睡眠啦。」

的確，妖怪的睡眠需求遠比人類來得低許多，但銀次先生缺乏休息的狀況已經嚴重到連我都擔心。

他卻一臉神清氣爽，擺動著毛茸茸的銀色尾巴，心情非常好。

昨天明明喝得那麼兇，看起來卻毫無宿醉症狀。

「話說回來，真是安靜呢……返鄉組已經在昨天傍晚從天神屋出發了，不知道他們是否正在享受闔家團圓的時光。」

曉跟阿涼趁這次新年假期多休了幾天，據說要一圓遲遲未能成行的新婚旅行。

雖然貌似成天鬥嘴，其實那兩人意外地恩愛。我記得他們要去探訪阿涼的故鄉——北方大地，順便去會會春日。

靜奈則說要去折尾屋住宿。

折尾屋在除夕與新年期間仍照常營業，所以她說還有些事要找師長時彥先生商量。不過，我想她應該是單純想與師傅共度佳節吧。

至於白夜先生，往年他都固定留在天神屋，今年則前往妖都探望友人。

不知道他是去哪了？會不會是去拜訪縫陰大人與律子夫人？

砂樂博士也離開天神屋，久違地回去找經營鐘錶行的哥哥團聚。

對方住在妖都地底層，過去也曾經對我關照有加。

「葵，妳不會也想回去現世嗎？」

大老闆湊近注視我的臉。

「不會耶。就算說要回老家，現在爺爺家也租給妖怪們住了，況且現世那邊的新年參拜到處人擠人，很折騰的。」

「畢竟跟隱世相比起來，現世無論人類或妖怪的數量都有懸殊的差距呢。」

銀次先生輕聲笑了笑。

以前我會跟爺爺一起去家裡附近的大神社進行新年參拜。現場人山人海，沒參加過比那更累人的活動了。

因為其中還包含了混在人群內的眾多妖怪。

「啊，快看！」

此時，朝陽的燦爛光芒從遠方的山間探出頭來。

「唔哇～好美……」

見證新年第一道日出，在現世人類之間被視為一種吉兆。

據說隱世妖怪也有類似的習俗，所以即使平常明明不擅於早起，有些妖怪唯獨在這一天會搶在日出之前起床，上屋頂或出門到銀天街上迎接破曉。從這裡也能望見他們的身影。

原本還覺得天氣冷得不得了，在見到元旦日出的橘色和煦光芒後，感覺寒意已一掃而空，內心充滿溫暖。

彷彿有一股能量，正從體內深處湧現……

「在隱世，迎接新年第一道日出被認為能帶來一整年的豐收。去年因為颱風的關係而歉收，就祈禱今年能豐產吧。」

「無論時代再怎麼變遷，稻米還是很重要的作物呢。住在隱世的妖怪數量逐年增加，糧食短缺也成為未來隱憂。」

大老闆與銀次先生一邊聊著這些話題，一邊迎接新年的朝陽。

「是呀。說什麼也絕對要避免饑荒發生。」

面對探出山頭的今年第一個朝日，我也開始遙想。

關於今年的豐收與恩惠，以及在這些收穫中得以維繫下去的夕顏。

並且在內心警惕著，絕不能讓任何人類或妖怪為飢餓所苦。

「說到新年，果然少不了麻糬呢。」

結束後，我們在夕顏的榻榻米包廂裡排排坐著烤麻糬。

這就是我們今天的早餐。

員工們利用除夕大掃除的空檔搗了麻糬，分量非常可觀。

「昨天搗麻糬時反之介傷了腰，真是辛苦他了呢。」

「大過年的就閃到腰，那傢伙也真衰耶。」

但抱歉了，反之介。那時你的姿勢太逗趣，讓我忍不住笑了一下……

「對了，小愛小姐跟小不點呢？」

「那兩個傢伙還在睡覺喔。不過，只要聞到烤麻糬的香氣，他們肯定就會起床過來的。」

於是我們繼續烤著麻糬。

膨脹鼓起的麻糬，也是新年的專屬風情之一。

選用鬼門之地所產的糯米製成的麻糬味道非常好，用炭火烤爐烤過之後更添美味。

我還準備了各種豐富的調味料。

將剛烤好的麻糬泡入加了砂糖的甜醬油中，再用酥脆的海苔包起來。

或沾上白蘿蔔泥與柑橘醋調配的清爽佐料。

還有黑糖蜜與黃豆粉的組合。

加入美味的味噌湯頭裡，還能做成什錦年糕湯。

在麻糬裡包入豆沙餡後烘烤，直接享用香氣四溢的現烤美味。

「我近期的最愛就是這個現烤的豆沙麻糬了。大家呢？」

「我……目前最愛甜醬油口味吧。」銀次先生說。

「啊啊，每一種都難以割捨呢～包海苔吃是一定要的。」

「我喜歡葵煮的什錦年糕湯喔，裡面有豐富的蔬菜。」

大老闆此時正吃著我親手煮的這道料理。

什錦年糕湯裡的麻糬要先烤再煮或是直接煮，似乎有區域性的差異。我住在現世時是屬於直接煮的那派。

但這次嘗試先把麻糬烤得焦黃後，再下鍋煮成什錦湯。

麻糬表面保留著焦香又酥脆的口感，別有一番美味。試過之後發現自己好像比較偏愛這種吃法。

除此之外，我還另外準備了幾種清口用的醬菜與配菜。

有醃蘿蔔以及用米糠醃漬的小黃瓜跟紅蘿蔔。

其實這些小黃瓜是小不點之前在夏天自己動手醃漬的。

他去現世遊歷一遍後，才終於領悟到小黃瓜不是巴結別人就會憑空掉下來，而是需要認真栽種的作物。

於是他去買了小黃瓜的幼苗回來，在夕顏後院自闢了一塊小黃瓜田，展開自給自足的生活。

沒想到他的小農園豐收過剩，最後做成各種醬菜，一路吃到這個冬天還沒吃完。

不過呢，反正現在不用再自己買小黃瓜，對我來說也算賺到就是了。小不點該不會打算成為專業的小黃瓜農吧……

「早安～」

「早安。」

不久之後，起床的小愛跟小不點過來了。

兩人雖然睡眼惺忪，但仍抵擋不了烤麻糬的誘人香氣吧。

「你們倆，新年快樂呀。今年也請多指教了。廢話不多說，趕快來發壓歲錢吧。」

大老闆開始在寬大的衣袖裡東掏掏西掏掏。

此舉讓小愛跟小不點瞬間清醒。他們的雙眼不但瞪得大大的，還散發出期待的光芒。

依序從大老闆與銀次先生手上領過紅包後，兩人樂不可支。

銀次先生使用傳統的紅包袋；而大老闆則不知為何選擇了印有現世代表性卡通人物圖案的款式。

「耶～～耶～～大老闆、二老闆，我最愛您們了！」

「耶～～耶～～這樣就能買今年滴小黃瓜幼苗跟肥料惹～」

小愛與小不點都為了壓歲錢而歡天喜地。

開心過一番之後，他們倆直盯向我。

「幹嘛啦，我可沒有紅包要發喔。我反而還想跟你們討咧。」

「……葵大人真吝嗇，我可都知道您荷包賺滿滿喔～」

「……葵小姐小氣鬼，人家今年還想新闢小黃瓜農地滴說。」

「嫌我小氣也無所謂。畢竟小朋友只要手頭上一有閒錢，就不會有什麼好事……好了好了，別說了，你們快來吃烤麻糬吧。待會要去鬼門岩戶神社進行新年參拜。」

我催促著把臉頰鼓得像烤麻糬般的小愛與小不點，要他們快點吃早餐。不過早餐也是烤麻糬全餐就是了。

稍後，我跟大老闆與銀次先生帶著小愛與小不點，一同前往鬼門岩戶神社。

這裡是鬼門之地規模最大的神社，因此四周全是前來新年參拜的妖怪，呈現一片熱鬧喧囂的景象。

但這座神社的石階特別長，運動量好比爬一座小山。

「對了，我之前還曾抱著化為幼狐形態的銀次先生爬過這段石階呢。」

當我一提起這件事，銀次先生便瞬間一驚，雙耳與尾巴的毛全豎了起來。

小愛則用難以言喻的眼神直盯著銀次先生……

「呃，那時候是因為那樣啦……我還年少不懂事……」
「銀次，經過這短短幾年時間，你還真是長大了不少呢。」
大老闆一臉嚴肅地吐嘈。銀次先生已經無言以對，一邊苦笑一邊脹紅著臉。
總算爬完石階，我們一抵達神社境內——
「啊，快看！今年也有提供燉蘿蔔耶，這是我每年最期待的東西了。」
「喂喂，葵呀，先參拜完才能領燉蘿蔔喔。」
「我知道啦，我只是先確認一下還有沒有。」
神社境內的妖怪神職人員們，正在分送熱騰騰的燉蘿蔔給參拜民眾。
燉蘿蔔是把白蘿蔔與油豆腐燉煮成醬油口味，每年元旦參拜期間都可以在鬼門岩戶神社這裡吃到。
據說這道料理的用意在於祈求新的一年平安健康，吃了便能得到保佑。
明明才剛吃完一堆麻糬，肚子飽得不得了。
但在這寒冷的天氣之中，一想到煮得熱呼呼又入味的燉蘿蔔應該很美味，讓我馬上又餓了起來。
歷經漫長的排隊等待，我們總算抵達一般信眾參拜的拜殿。

投下香油錢後，敬禮兩次再拍手兩次。
接下來，該向守護這片土地的神明祈求什麼呢？
問我今年的新抱負？
那當然是希望目前規劃中的企劃與事業能鴻圖大展。
還有繼續保持顧客滿意度第一名的成績。
也希望夕顏的店面改裝計畫能順利進行。
並且想與大老闆在夫妻關係上有進一步的進展。
願望有很多，但最重要的只有一個。

「希望天神屋上上下下，今年也能健康又充滿朝氣地在自己的崗位上努力。」

這是我最真切的心願。
祈求名為天神屋的這個大家庭，今年也一個人都不缺席，共同樂於工作。不求財源滾滾，只希望生意還過得去。
「對了，大老闆你許了什麼願？」
參拜結束後，我悄悄問了剛才在旁邊求了好久的大老闆。
「嗯～祈求今後也能跟葵過著幸福恩愛又甜蜜蜜的夫妻生活這樣。」

「唔、唔哇……從你口中聽見甜蜜蜜這個詞，總覺得有點那個。」
還有一個願望，就是今年跟大老闆能更像夫婦一點。
這是我留在內心暗自許下的誓言。

第十一話　二月～從北國捎來的禮物～

春日目前已成為北方大地八葉——清大人的夫人。

這次她將來到天神屋住上一段期間，直到春天雪融為止。

至於春日是誰，就是隻可愛的狸妖，特色是有張圓臉加上一對圓滾滾的大眼，還有毛茸茸的狸貓尾巴。

她身穿與那張稚氣臉龐有些格格不入的成熟氣派和服，前一刻剛抵達天神屋。

由於「春日大人」大駕光臨，館內的員工也顯得心神不寧。

這也是正常的。

春日原本是任職於天神屋的接待員。

記得她當時受到底層小員工般的待遇，所有人都對她呼來喚去，把她當成打雜跑腿用，有什麼大小事都丟給她。

如今雙方立場一百八十度大轉變，許多員工一得知春日要光臨，便難掩慌張地冷汗直流。

然而春日仍是一副天真無邪的模樣，與過去的她並沒有兩樣。而且還帶了豪華的伴手禮送給我們旅館。

「妳看看，這很壯觀吧！」

「唔、唔哇……」

被放在巨大載貨平台上運來的禮物，令所有人倒抽了一口氣。

螃蟹、螃蟹、滿滿的螃蟹！

而且還全是高級品。

不愧是北方大地，這個季節的北海漁產就是好吃。

不過，聽說北方大地也是難得遇上如此大豐收，所以才把一部分漁獲送給平常就有往來的天神屋。

而春日來到我面前，丟出了這句話。

「欸～小葵，用這些幫我做點好料吧！」

話說回來，為何春日這種貴為八葉夫人的稀客，會選在這時期來天神屋住宿呢？而且一住就住到春天雪融為止。

不過二月正值淡季，所以有客人挑高價客房長期留宿，站在天神屋的立場倒是很感激就是了。

春日剛才說了她先去找大老闆打個招呼，接著再來夕顏。

而我則正在夕顏的廚房內，煩惱著該如何料理這一大批螃蟹。
煩惱的原因在於，像這種高級食材，直接水煮或燒烤最能享受到原本的美味，無需特別費心烹調，也就幾乎沒有我的用武之地。
應該說，我個人是想做成水煮螃蟹，沾上蟹肉專用醋大口享用。
但春日想要我做的應該不是這種料理吧。
「久等啦，小葵！」
「啊，春日……咦？」
看見春日跑進夕顏，我愣了一下。
因為她竟然換上接待員的裝扮，如同以前還在天神屋工作時一樣。
「妳、妳是怎麼啦？春日，打扮得簡直就像我們家員工！」
見我慌張失措，春日卻仍一副若無其事的態度。
「人家已經徵求過大老闆的同意啦～」
她回答。據她所言，似乎是剛才去拜託大老闆，借了一整套員工專用的制式和服。
大老闆真是的，到底在想些什麼啊……
「我在住宿期間都會穿這樣，還會時不時支援天神屋或夕顏的工作喔。」
「咦咦咦？這樣真的可以嗎？」
「沒問題、沒問題。是我主動提出的要求。以前做過的工作，我想我現在應該還是能勝任喔。」

春日坐在吧檯席，把手肘撐在桌面上，手掌托著下巴悠哉說道。

我已經錯愕得啞口無言……

「葵大人～螃蟹的大鉗子快要扎到您的手囉。」

聽見小愛的聲音，我才回想起來自己正在思考著要如何料理眼前的螃蟹。

「好、好啦，我明白了。總之我想多聽妳聊聊近況……啊，小愛，幫春日上杯茶吧。」

「好～」

我先暫且理解並接受春日的員工造型。

然後決定把螃蟹一整隻丟進大鍋裡水煮。

「欸，春日。我可以問妳嗎？」

「嗯？」

「為什麼會挑在這時期來天神屋長住？我聽說妳要待到春天耶，不留在北方大地的冰里城沒關係嗎？」

「……」

「妳跟清大人之間發生了什麼事嗎？」

春日啜飲著小愛端上來的茶，然後嘆了一口氣。

經過短暫的沉默後她才開口。

「錯不在阿清，只是他有可能要納妾了。」

「……咦？」

意想不到的狀況讓我一時語塞。

「呃……妳說納妾？」

我忍不住再次確認。

納妾——簡單來說就是另娶一位側室的意思對吧？那位清大人要納妾？

春日將視線撇向一旁，繼續說下去。

「就因為我們求子之路不太順利，所以被冰人族那些傢伙說三道四。」

「所以是傳宗接代的問題？」

「妳想想，我是狸妖對吧？冰人族那些傢伙希望冰里城城主的下一代繼承者是血統純正的冰人族之子。他們才不肯臣服於像我這種……長著狸貓耳朵跟尾巴的毛崽子。」

「什、什麼毛崽子啦。」

北方大地在這隱世裡是風情迥異的一塊區域。

由隱世原生種族「冰人族」所統治的這片土地被封閉於冰雪之中，散發著神祕的氣息。

北方大地以冰里城為中心，簡直自成一個獨立小國，連妖都也無法干涉其內政。

血統純正的城主清大人，因為迎娶了文門狸一族的女兒春日，而引發了各種風波。原本以為這一切騷動在上次已經獲得解決。

然而，同樣的問題如今再次復燃，似乎釀成一股排外的氣氛……

「所、所以清大人怎麼說？」

「他當然是反對納妾一事，畢竟這又不符合他的性格。況且說起來，若是真要納妾，還會激怒文門狸一族。」

「也對呢。」

整個隱世裡最惹不得的民族，肯定就是春日所屬的文門狸了。

他們與各界關係良好，遍布密集的情報網，甚至握有中央大權。

清大人也是明白這一點，才迎娶春日嫁入冰里城。

「只不過，因為阿清強烈反對的緣故，讓我又遇到差點被暗殺的狀況啦～」

「咦？」

「下毒啦，下毒，真的很老套耶。不過也因為這樣，讓阿清擔心得要命，所以才討論說先把我送到安全無虞的地方去。於是阿清便請託了天神屋的大老闆。」

「喔喔，原來是這樣，所以這一趟是為了保障春日妳的安全囉。」

但我內心仍躁動不安。光是想到春日性命受威脅的狀況再度出現，就覺得心痛。

同時也感到一陣放心，至少她並不是跟清大人鬧僵了。

「但我可擔心了。」

春日嘛起嘴唇。

「我不是不信任阿清，但畢竟他個性上有濫好人的一面啊。我怕我不在的這段期間裡，他會中了人家的美人計。」

「美人計？唯獨清大人那種老實人，絕不可能中計吧。」

我想他是跟美人計最絕緣的一種人了，但身為妻子的春日似乎還是難以放心。設身處地想想，換作是我大概也會擔心吧。

「不過真是太好了，我原本還有點擔心妳是不是又跟清大人吵架了。看來夫妻關係挺融洽的嘛。」

「我跟阿清的感情當然很好啦。最近他也成熟許多，充滿魅力呢～我們之間也總算開始有夫妻的感覺了！」

「……」

咦？難不成春日跟清大人這一對的進展，比我們還順利？

「而且呀，我也為了對那片土地有所貢獻而進行諸多努力呢。但那裡實在是太冰天雪地了啦。」

春日說她想嘗試的挑戰，在那個地方並非全數行得通。

加上嚴寒的氣候常讓她弄壞身體。無論穿得多保暖，也無法像冰人族一樣適應那種冰天雪地的戶外生活。

到頭來，還是只能一個人成天窩在暖和的冰里城裡頭。

「我很羨慕小葵妳呢。同樣身為八葉之妻，妳卻可以放手進行各種挑戰。我在雜誌上也常看見報導特輯，介紹小葵妳親自設計的店鋪啦、料理啦，還有甜點。」

「呃，哈哈哈，原來有這回事……」

是說，我什麼時候被做成報導特輯了？

「我來天神屋的動機，有一部分也是為了想看看小葵妳交出的各種亮眼成績。聽說妳最近特別努力拚事業，所以……希望能從妳身上多學習一些，想辦法活用在北方大地上。」

春日這番話讓我蹙眉一笑。

「春日，我很高興妳對我這麼肯定，但我認為妳依照自己的步調前進就行了。我只是放手去嘗試自己想做的事情罷了，也並不是所有人都認同我的作為。」

「是這樣嗎？」

「是呀是呀，有些人認為八葉之妻就應該在夫婿身邊擔任賢內助。像前陣子，我還被年長的客人說教了一番呢，對方教訓我『明明身為人妻卻出盡風頭』。」

「咦～～原來連小葵也會被說三道四啊！」

「當然啦，光是現在回想起來都覺得有點火大呢。」

隱世目前還是由男性主導的社會。

許多人並不樂見女性拋頭露面、一展長才。

尤其在成為八葉之妻後，一舉一動更容易受到大眾檢視，也因此更容易接收到「妳應該待在日理萬機的丈夫身後支持他」的聲音。

「呵呵呵，小葵妳面對這些僵化的觀念與老古板的規範，總是能用自己的力量突破重圍，勇往直前呢。就像用蠻力強行撬開出口，自闢一條新的生路。」

「別用這麼挖苦人的說法啦。我還是很常會碰壁，只是用自己的方式堅持去做自己該做的事罷了。」

我把煮熟的螃蟹從鍋裡撈起。

水煮螃蟹已轉為紅色，光是散發出的香氣就令人讚嘆。

事不宜遲，我馬上開始拆解螃蟹。將螃蟹翻面，腹部朝上，從肚子正中間下刀，對半剖開後逐步卸下蟹殼。

用剪刀從蟹腳的根部剪開，接著從所有部位慢慢掏出蟹肉，並且全數撥碎。

「欸，小葵，話說妳要做什麼給我吃呀？應該不會只是單純的水煮螃蟹吧？這我已經吃膩了喔。」

春日一邊伸手指著自己，一邊語帶不安地詢問。

「我就知道妳會這麼說，所以特別替妳做成蟹肉奶油可樂餅。是一種使用蟹肉入菜的和風洋食。」

「蟹肉奶油可樂餅？呵呵，不愧是小葵，真懂我的心。」

聽完我的回答，春日便用雙手捧著臉頰，同時露齒一笑。

蟹肉奶油可樂餅。

加了蟹肉的濃醇白醬，從剛起鍋的酥脆麵衣中滿溢而出——這是所有人都會愛上的家常日式洋食。

但一般沒什麼人會用如此高級的螃蟹肉來製作吧。

我以前也只用過蟹肉罐頭與蟹肉棒。

處理完蟹肉後，接下來正式進入料理步驟。

先將洋蔥切成碎末後，用奶油炒至焦糖色。加入剛才撥碎的蟹肉與料理酒再略炒一下，灑上麵粉後拌炒均勻，並將牛奶分成少量多次倒入，再加入鹽與胡椒後煮至收乾。

這就是蟹肉奶油可樂餅的內餡。

將內餡移至扁平容器中，送入冰箱冷藏並等待凝固結塊。

「先等一會兒。隱世的冰箱雖然降溫速度很快，但大概還需要個二十分鐘吧。」

「咦～人家肚子已經餓扁了啦～」

春日不滿地發牢騷。聽說她一直很期待我的料理，所以今天只吃了點輕食而已。

「好了好了，空腹就是最棒的調味料啊。還是妳要吃點水煮螃蟹？」

「唔……我等就是了……」

聽春日這麼說，於是我便決定把最美味的精華部位——剛起鍋的水煮蟹腳分給小愛跟小不點吃了。

兩人的眼神發出興奮的光芒，在後面狼吞虎嚥地啃著蟹腳……

我覺得自己目睹到平常總是可愛討喜的他們，露出了身為妖怪的本性。

恐怖啊，真的恐怖啊。

「嗯……應該差不多了吧。」

將冷卻並凝固成塊的白醬內餡塑形成圓筒狀，接下來只需要沾上蛋液、裹上麵包粉後，放入預熱好的油鍋內油炸即可。

炸至麵衣呈現金黃色即可起鍋，並將多餘油分瀝乾。

取兩顆炸好的成品搭配高麗菜絲與涼拌番茄一同盛盤，端到春日面前。

「唔哇！」

春日對這道圓筒形的炸物料理露出充滿好奇的表情。

醬汁則是我用伍斯特醬與番茄醬調配而成的自製沾醬，可依照個人喜好搭配享用。

春日馬上拿好刀叉，將刀子抵上圓筒狀的蟹肉奶油可樂餅，切開酥脆的麵衣。

從中流出的濃厚蟹肉奶油醬，與緩緩飄出的蟹香與熱氣，讓春日內心的期待更加膨脹。

接著她沾取少許醬汁後送往嘴邊，大口享用。

她邊喊著好燙好燙，邊咀嚼著嘴裡的食物。

「嗯～好吃得不得了～」

她緊閉起眼睛，像孩子一樣踢著懸空的雙腳，發出美味的呻吟。
這種幸福洋溢的臉龐，才是最適合春日的表情。
「味道如何？」
「太驚豔了！沒想到螃蟹還有這種吃法！熱呼呼又入口即化，還酥酥脆脆的。外觀怎麼看都是平凡無奇的可樂餅，完全沒有螃蟹的要素，裡頭卻凝聚了濃濃的螃蟹鮮味。」
「是呀，螃蟹肉汁的力量不容小覷呢。」
「欸～我要再加點一顆！順便給我白飯！」
「好好好。」
看春日吃得如此盡興，我也十分欣慰。
我馬上替她添了白飯，並且追加蟹肉奶油可樂餅。
這道料理的濃郁白醬風味與白飯也很搭，是經典的配菜呢。
我也想來嘗嘗用這麼高級的螃蟹做成的蟹肉奶油可樂餅定食了……
於是我順道替自己準備了一份定食，端到吧檯前。
我不使用刀叉，而選擇用筷子豪邁地開動。
咬一口酥脆的麵衣，我驚豔地瞪大雙眼。
正如春日所說，入口即化的奶油醬裡凝聚了滿滿的鮮甜蟹味。
由於使用了真材實料的蟹肉，使得美味的肉汁與富含奶油及牛奶的白醬揉合成一股難以言喻的幸福美味。

「唔唔！太好吃了，這是何等的幸福。」

我不禁仰天發出讚嘆。

「看吧，小葵也有相同的反應。」

「太驚奇了，這真的是我做的蟹肉奶油可樂餅嗎？原來只要食材本身夠優質，就連蟹肉奶油可樂餅都能造就如此有深度的風味。」

這股幸福感必須也讓其他員工們感受一下才行。

看來這陣子店裡的定食配菜，必須加入這道蟹肉奶油可樂餅了。

「呵呵！小葵妳還是老樣子，是個滿腦子只想著料理的傻瓜呢。」

春日不知何時已掃光食物，直盯著我瞧。

「什麼傻瓜啦，別把我講得像阿涼一樣了。」

「這道蟹肉奶油可樂餅，感覺阿涼小姐一次可以吃上五個呢。」

「就是呀，必須準備多一點了。」

「妳也會做給大老闆吃嗎？」

「這個嘛，應該會吧。畢竟我猜他大概會喜歡。」

「我問妳喔，小葵。」

「嗯？什麼？」

「小葵妳呀……結婚之後覺得幸福嗎？」

「……」

這個問題來得很意外。

春日在日常對話中若無其事提出的問題，讓我一時語塞，無言以對。

然而她在一旁用認真的神情望向我。

對她而言，這道問題究竟意味著什麼？

「我……」

但無論她的問題有何用意，我都選擇做出最誠實的回答。

「我很幸福啊，因為我可是跟此生最愛的人結為連理。」

「……嘿嘿！」

春日嚴肅的表情紓緩開來，化為純真而柔和的笑容。

「說得對。我也一樣，即使遇到再辛苦的事，還是很慶幸身旁有喜歡的人相伴。雖然有時也會有想回來天神屋的衝動啦……但無論身處何方，就連在夕顏品嘗著美食的同時，腦海裡還是會想起阿清。」

「春日……」

「想著他現在正在吃什麼呢？或是會不會寂寞呢？……這樣。」

她抬起視線，冷不防地用手心拍響自己的雙頰。下一刻——

「好！待在天神屋的這段時間，我要向小葵討教許多菜色，回去之後做給阿清吃，包含這道蟹肉奶油可樂餅！」

「噢噢……春日妳幹勁十足呢。」

見春日突然精神抖擻地做出這番宣言，我也露出苦笑。

不難明白她內心的擔憂是什麼。

我們彼此都有許多難關，但只要想起最重要的那個人，有時候就能變得更加堅強。

「謝謝妳，小葵。我原本有點心生怯懦，但現在找回堅定的決心了！」

「咦？我有做了什麼嗎？」

「小葵妳的料理還是跟以前一樣，總是能打動妖怪的心！」

在這之後，春日在旅居天神屋的期間內以接待員的身分幫忙館內工作，空檔時間就來到夕顏學習新菜色，簡直像在進行新娘修行。

然後，她將原定行程提早了一些，在融雪前便回到北方大地的冰里城了。

即使與心愛的人結為連理，生活也不全然只有幸福美滿。

有時會希望時間能倒帶，有時也會想回歸充滿回憶的舊地。

雖然也會遇到令人難過與氣餒的關卡，但仍能逐一克服，正是因為身旁有一個永遠能發自內心去愛的另一半。

時間來到隔年。

春日與清大人抱得一對可愛的龍鳳胎。

女兒長得像清大人，卻有著明顯的狸妖特質；兒子長得像春日，卻有著明顯的冰人族特質。

為了祝賀兩人喜獲雙子，我將再次前往冰里城拜訪。而這又會是另一個故事了。

第十二話　三月～致律子夫人～

據說妖王家的律子夫人，從嚴冬開始就玉體欠安。
在那之後，身體狀況遲遲未有好轉跡象。
原本對此事毫不知情的我，在某天被白夜先生叫去，獲知了這一切。
白夜先生說，律子夫人所剩的時日恐怕已不多。
聽聞的當下，我的腦袋先是一片空白，隨即想起了新年時做的初夢。
關於那條將我與爺爺分隔於兩岸的河川，上面的小船所載著的乘客。

「……噢，葵小姐，妳特地過來看我呀？」
「律子夫人您好。」
我來到位於妖都的縫陰家大宅。
身形消瘦的律子夫人正橫臥在床褥上。
她近期似乎都臥床不起，也無法正常進食。不過偶爾狀況好轉時，就可以吃點好消化的東西。

原因在於，律子夫人罹患了難疾。

據說那並非人類疾病，而是隱世的一種病症，基本上只有妖怪才會染上。

患者會無法吸收食物裡的靈力，造成身體逐漸虛弱。

這症狀對人類來說並不構成問題，但靈力對妖怪而言是生命能量的來源，靈力枯竭將會危及性命。

簡單來說，律子夫人雖然身為人類，但體質上幾乎已轉變成近似妖怪。

直到見她一面之前，我內心仍處於難以相信的狀態。但在親眼目睹她憔悴的模樣後，令我不得不認知到病魔對她造成的影響。

「抱歉呀，以如此不堪的模樣示人。但真是太好了，我一直很想再見葵小姐一面。」

律子夫人的語氣簡直像在訴說著臨終前的心願，令我情不自禁握住她的手。

「律子夫人、律子夫人，請您振作……您要多多攝取營養，找回健康與活力。」

然後在未來，我還有好多事情要跟您討教。

「葵小姐，妳別露出那種表情。我已是活過九十個年頭的老奶奶了啊，這副軀殼也有些不堪使用了。」

「……」

「人類是無法擁有永恆的。死亡會平等地降臨於所有人面前，而這絕非一種不幸。」

律子夫人接受現實，彷彿早已看開一切，令我無言以對。

的確，即使她有病在身，仍完全看不出是個九十歲的人。

她的外貌年齡甚至像是我母親，所以我心裡某部分一直把她當成自己的母親，對她充滿景仰與愛慕。

人類這種生物，只要長期在隱世與妖怪攝取相同的飲食，壽命就會延長不少。

這件事我以前就從律子夫人本人口中聽過。

因此她才能保持著年輕的外表，延緩自身老化速度。

但仍絕不可能達到長生不老——我現在不得不體認到這個事實。

就算壽命再延長，只要身患疾病，無論是人是妖都會有喪命的風險，與年齡無關。

「最近呀，我常會夢到現世呢。」

律子夫人再次躺回床上，眼神茫然地望著不確定的方向發出呢喃。

「是什麼樣的夢呢？」

「關於我的故鄉，長崎的夢。」

「……」

「結果到頭來，我自從離開現世後，就再也沒回去過了。我的家鄉在戰爭後遭受烽火摧殘，就算現在回到現世，我肯定也無法體會回歸故鄉的心情吧。」

因為那片心心念念的家園，如今再也見不到了。

「不過呀，那片舊景至今仍存在我心裡，畫面中的家鄉是那麼地清晰鮮明。只要閉上眼睛入眠，就能在夢中見到父親、母親與兄弟姊妹在那裡等著我。過去在隱世安居的歲月裡，我明明早已徹底遺忘這些事情了。」

「……律子夫人。」

她迷濛的眼神正遙望著遠方，彷彿隨時都要被帶往另一個地方。

我的內心惴惴不安，絞盡腦汁思考著有沒有什麼辦法，可以把她留下來。

「律子夫人……您有什麼想吃的料理嗎？」

我能做到的，終究只有這件事。

於是我脫口問了，即使剛才聽聞她無法順利進食。

「這個嘛……」

律子夫人的雙眸找回些許光芒，接著她像往常一樣瞇起眼睛，露出柔和的微笑。

「呵呵，我想嘗嘗長崎蛋糕呢。像我過去在家鄉吃的那種，底部有粗糖、質地鬆軟的長崎蛋糕。有香甜的滋味與輕柔的口感……」

「長崎蛋糕……」

這的確是律子夫人故鄉的名產。這項甜點的歷史悠久，也難怪讓她如此懷念。

語畢，她立刻闔上眼。

此舉令我心頭一驚，不過她似乎只是睡著了而已。

全程在我身後聽著我們對話的縫陰大人，向我說明狀況。

「應該是服藥的關係，讓她變得嗜睡。她吃的藥好像會有多夢的副作用，所以才懷念起故鄉吧。」

縫陰大人露出悲傷的笑容，替入眠的律子夫人撥去額頭上的髮絲。

「其實我原本打算，至少要帶著小律回去現世一次，即使她所思念的那片家鄉景色已不復存在。」

「……可是，我認為律子夫人在隱世有縫陰大人您相伴，對她來說才是最幸福的。」

我也跟她一樣。就算會想念家鄉，也從未認真有過重返故地的念頭。

因為屬於我的歸宿，以及我所珍視的人們，全都在隱世裡了。

「妳說得對呢，但願是如此就好了。」

縫陰大人露出帶著煎熬的微笑，然而那道笑容並沒有持續多久。

身為律子夫人的夫婿，想必比任何人都更為現況所痛心吧。

律子夫人與縫陰大人深愛著彼此，跨越人與妖的種族隔閡，結為連理。

在我眼中的這兩人，至今仍保有新婚般的恩愛，是一對神仙眷侶。

「沒有任何辦法了嗎？讓律子夫人恢復健康的方法。」

「……我們束手無策。以現今隱世的醫學技術，是無解的難題。」

縫陰大人努力擠出聲音說。

「在隱世，可以替人類看診的大夫極為稀少。律子的體質雖然已幾乎與妖怪無異，但她終究還是個人類。」

「……」

有道理……說起來隱世裡的人類本來就占極少數。

有能力替久居隱世的人類診療的醫生，應該真的很少見吧。或許這世界的某個角落仍存在一絲希望，但問題就在於遍尋不著。

我明白對此現狀最感懊悔且恐懼的人就是縫陰大人自己，所以無法再多說什麼。

「不過，其實我一直都做好了心理準備——打從把律子帶來現世的那一刻起。」

縫陰大人按捺著悲傷說道。

「妖與人結為夫妻，比起種族本質上的不同，壽命長短的差異是更大的挑戰。以律子的狀況來說，若沒有罹病的話或許還能多活上一段時間。但即便如此……她距離生命的終點依然比我近得太多了。我其實早已明白這一點……」

「縫陰大人……」

我強忍住想哭的衝動。

不該繼續久留於此了。

這段僅剩的時間，我希望能讓律子夫人與縫陰大人獨自度過。

讓彼此相愛且一路相伴的這兩人，攜手走完最後一程。

而我將在一旁守護並做好覺悟，迎接他們所步入的終點，以及他們所留下的短暫、縹緲，卻又尊貴無比的情分。

因為那兩人的背影，是我自身需要面對的一道課題，也是指引我的路標。

在回程的空中飛船裡，我茫然地思考著。

關於人類嫁為妖怪之妻的意義。

以及在隱世度過餘生的意義。

律子夫人以妖都貴族之妻的身分來到隱世之後，據說經歷了難以想像的各種苦難。

在當時那個年代，妖怪對於人類這種生物的歧視應該比現在更為嚴重吧。

尤其是妖都的那些貴族，充滿了殘酷與無情的妖怪本性。

據說他們以他人之痛苦為樂，當成下酒的餘興。

再加上在自尊心奇高的貴族之間，每天都上演著互相嫉妒眼紅、扯彼此後腿、勾心鬥角的日常戲碼，律子夫人似乎也常成為找碴對象。

雖然她已能與我笑談這些往事，但據說過去也有幾次甚至遭遇生命危險。

即使如此，對於來到隱世生活的這個決定，她仍從未感到後悔吧。

她用有別於我的方式與妖怪們打交道，如今擁有莫大的影響力，也是女性們的嚮往。

她跟爺爺在不同的形式上，同樣成為轟動隱世的人類。

聽說律子夫人的髮型、服裝與隨身物品只要一登場，在妖都立刻詢問度爆表，被眾人爭相搶購與模仿。

不，不對。

她的影響力不只存在於這些表面。

律子夫人的言行舉止充滿慈悲為懷的精神，深得人心。

這才是讓她深受支持與愛戴的理由。

並且讓所有人都不禁對她懷抱強烈的憧憬。

律子夫人以剛強又柔軟的姿態在隱世生存，構築出如今的地位，成為獨一無二的存在。

「律子夫人……」

我在空中飛船的甲板上遠望著今日格外火紅的晚霞，靜靜地哭泣。

律子夫人還活在此世。

就算她的時日恐怕所剩不多，或許還是有機會爭取多一點壽命。

可能還是有希望及時找到克服疾患的對策。

但我有一股不祥的預感。

打從得知這件事時，我的內心便躁動不安。

新年初夢的內容，好幾次浮現於腦海中……

於是我一回到夕顏便進到廚房，著手準備製作長崎蛋糕。不惜把所有預定行程都往後推延，也要立刻為律子夫人做出這道甜點。

盡我所能，為她做出最美味的長崎蛋糕。

傾注我所有真心與感謝的甜點。

我所製作的成品，滋味肯定不如在地老店那般高雅講究，搞不好根本無法還原她所懷念的家鄉味。

但我絕不想留下遺憾。

我無法克制自己回想起爺爺臨終時的記憶。

多希望我當時能為他親手製作最後一餐。

多希望能讓他嘗嘗最愛的料理。

多希望能在心滿意足的狀態下送他離開——這些成為我永遠的遺憾。

律子夫人猶如我的再生父母……不，比起生下我的親生母親，她在我內心深處一直都是更強大的支柱，更像「母親」的存在。

我不知道她心裡是否有把我當成女兒看待。

但光是她存在於隱世的事實，便已成為我無比的強心針。

多希望她能永遠成為我心中的支柱。

我還想聽她說更多故事、請她品嘗我做的料理——這是我內心深處的願望。

然而，即使在隱世這樣的地方，光陰仍是有限的。
妖怪們總說人類是縹緲無常且脆弱的生物，悲嘆人生苦短。
妖怪的壽命比人類多上好幾倍、甚至好幾十倍，他們會這樣想也是無可厚非。
他們會感受到被留下的孤寂，也是情有可原。

時間來到隔日。
我立刻帶著做好的長崎蛋糕，再次前往探望律子夫人。
原本擔心連續兩天叨擾，實在很有可能造成她身體負擔。但縫陰大人說了「請務必再見她一面」。
律子夫人帶著欣喜之情，迎接我的二度來訪。
今天的她狀態似乎比昨天還好，臉色感覺也紅潤了點。
「噢，真美味。口感柔軟又蓬鬆輕盈，而且吃起來真甜。呵呵，我最喜歡在品嘗軟綿綿的蛋糕體時，咬到脆脆的粗糖粒那瞬間了。」
「……我也跟您一樣呢。」
「呵呵呵，畢竟我跟葵小姐某部分很相似嘛。」
律子夫人開朗地笑了，就像以前身體硬朗時一樣。

但她僅僅吃了一小片的長崎蛋糕。

「葵小姐，妳聽我說。」

然後她面向我，用認真的表情凝視。

就像要做出什麼重大的宣言一樣。

在她筆直的注視之下，我感到一股強烈的悲傷。

但我仍不逃避，正面回應了她的眼神。

「我呀，一直把妳當成自己的女兒，同時又像是另一個我。妳是我心愛的家人。」

「律子夫人，我、我也……我也一樣……」

您是我心目中的母親。

我不知道在心裡想過多少次，如果妳是我真正的母親該有多好。

「……謝謝妳。我真的好開心，葵小姐。」

律子夫人傾聽了泣不成聲的我訴諸的心意，拉過我的手並強而有力地握緊。

那雙手冰冷且枯瘦到不可思議。

「葵小姐，隱世的妖怪們以後就拜託妳了。」

兩天後的清晨。

律子夫人辭世的消息傳到了天神屋。

據說臨終前僅由家人送她最後一程。

她在縫陰大人與所有子孫的親眼守護下，度過極度安祥平穩的時光，留下一句「我此生幸福無憾」便嚥下最後一口氣。皇室的葬禮僅在王族成員的參與下舉行。

聽聞此消息時，雖然內心某部分早已做好準備，但我仍感覺悵然所失，彷彿心裡空了一個大洞。

我莫名哭不出來。

她在最後品嘗了長崎蛋糕並稱讚美味的那張表情，我永遠無法忘懷。

我不覺得自己有好好回報從她身上獲得的東西，以及她所賦予我的一切。

就只是深刻感受到重要的人真正地離開了自己。如同祖父離世時那樣，包圍我的只有失落感。

但是，從另一方面來看。

律子夫人或許總算能回歸故鄉，或許她能如願見到死於戰爭的父母與兄弟姊妹——我如此轉念。

即使悲痛，她的最後一刻卻仍令人羨慕至極。

在臨終之際能有心愛的丈夫與子孫相伴，在愛護中送別。
死後能回到思念已久的家園，與珍視的故人重逢。
直到最後一刻，她仍能笑著慶幸自己活過幸福的一生，在安眠中啟程。
相對來說，被留下來的一方肯定痛苦多了。

「妳還好嗎？葵。」
「大老闆……」
我帶著麻木的情緒處理工作，在晚間結束所有勞動的那瞬間，疲勞與悲傷才一股腦地湧上。
我獨自靜靜地坐在外廊動也不動。
大老闆似乎早已預知我陷入這般狀態，於是過來關心我。
「明天妳就休假一天吧。把所有工作先擱下，好好放鬆一下。」
「可是……」
若是前陣子的我，這種時候早搖頭拒絕了。
我會一股勁地活動筋骨與腦袋，動手做料理，然後展露一如往常的笑容……
但現在的我，覺得那樣的做法不全然正確。
「嗯，也對呢，就這麼決定吧。我想好好思考一下律子夫人離開的事實，因為這件事的意義對我而言非同小可。」
大老闆點頭。
「律子夫人真的對妳疼愛有加，她好幾次都跟我稱讚說妳是個好孩子。妳們也擁有類似的境遇，所以她才把妳視如己出吧。」
「嗯，律子夫人最後親口對我這麼說了，我當時真的好高興。」
我在外廊看著柳樹搖曳的身影。
枝條在皎潔月光的照耀下，隨著微風吹拂輕輕擺盪。
……啊啊，原來如此。
「對耶……我送了母親一程啊。」

律子夫人初次來訪夕顏的那一天，已是好久以前的事了。
當時我製作了她家鄉的料理「東坡肉」招待她。
她喜極而泣地向我道謝。若當時沒有她的那番話，我不認為自己在往後遇到難關時，仍能保有繼續在夕顏努力的動力。
在那之後，我也在與律子夫人的交流互動中，對她產生了深厚的信賴。
理由不光是因為我們同為人類。

想必是因為，我在她身上尋求著理想中的母親的模樣。
我的親生母親是個會把孩子棄置於家中，自己消失的那種人。
她將孤獨、恐懼與飢餓深深植入我的記憶，然後一走了之。
因此，我對於「母親」抱持著極度恐懼又未知的成見。
在我心中，母親的形象絕對不是一般人所耳聞的「溫柔且包容，永遠無條件站在自己這邊」這樣。
對我而言，那兩個字是永遠無法理解的存在。
但是，在我遇見律子夫人，並受到她諸多幫助的同時，我覺得自己好像能逐步在心中構築出「母親」該有的模樣。
就像將原本分崩離析的碎片，重新組裝回原本的形狀一樣……
「！」
一股如巨浪般的悲傷猛衝上心頭，淚水一湧而出。
我放任滿溢的情緒潰堤，雙手掩面哭得顫抖。
「律子夫人、律子夫人……」
永別了，律子夫人。
我終於體認到自己失去了視為母親般景仰的對象，陷入深沉的悲痛之中。
大老闆用偌大的手抱緊我的肩。

「葵，盡情地哭吧，妳在某些方面總是太過壓抑自己了。」

「可是，我已經，是個大人了……」

「沒關係的。就算是大人，想哭的時候也要盡情宣洩才行。否則，妳將會遲遲無法放下失去律子夫人的這份傷痛——這就會成為牽掛……難道妳對她的離去仍有任何依戀嗎？」

「……」

我搖搖頭。

大老闆仍依偎著我，用平靜祥和的語氣安慰我。

「我想也是。妳已實現了律子夫人的心願，送她啟程返回故土。妳現在能做的，就是將她留給妳的一切銘記在心。然後，當未來出現下一個像妳一樣的人類時，妳要替對方指引方向，就像律子夫人待妳那樣。」

「嗯、嗯……」

在大老闆溫柔的開導之中，我哭了。哭得涕淚滿面。

想必我跟大老闆都透過律子夫人的離去而有所認知。

關於我倆面臨死別時，會是怎樣的狀況。

那一天看似距離我們還很遙遠，但對妖怪而言，或許並不算太久以後的事。

但我並不想活在害怕離別到來的恐懼中。

「我、我也，想成為像律子夫人那樣的母親！」

我想追隨她的身影。

過去的我，時不時會突然湧上一股恐懼。我擔心得不到母愛而懷抱創傷的自己，未來是否真的能勝任母親這個角色。

與母親流著相同血液的我，會不會在未來對孩子做出一樣的事？

即使覺得不可能，我仍會陷入沉思。

正因為如此，才深深體會到律子夫人是何其偉大，她甚至改寫了我內心對於「母親」的印象。

她讓我有了明確的目標，就是成為像她一樣的母親。

這盞明燈不知道為我的未來帶來多少光明的希望。

「葵，妳一定辦得到的。」

大老闆仍繼續緊擁著我，並持續給予安慰。

「我能想像妳未來成為一位堅強的母親，為眾多子女準備一整桌豐盛佳餚的身影。孩子們在滿滿的美食與關愛下成長茁壯，或許總有一天會離巢獨立，但在未來的未來，等孫子誕生後，滿堂的子孫又會回到這間天神屋，而我們也會過著幸福的老年生活……」

「嗯？先等一下，大老闆，你連孫子的部分都想好了？難道說，你已經開始規劃老年生活了嗎？」

「很意外嗎？我一直都有在考慮這些事情。」

「……」

就連在這樣的情況下，大老闆仍做出傻里傻氣的發言。

不過，總覺得心裡因此舒坦了點。

或許是因為哭過一場吧？內心的苦澀開始分解，覺得神清氣爽。

「呵呵，大老闆肯定也能成為一位好父親的。」

「對吧！我也這麼覺得。」

大老闆被我一誇，便露出喜孜孜的反應。

「順便問一下，大老闆你心目中理想的父親典範是誰？」

「嗯……白夜吧。」

「咦？」

我稍微愣了一下。這怎麼辦？若大老闆有朝一日成為爸爸時，真的以那位嚴厲的白夜先生為榜樣的話……

我的反應可能太過明顯，讓大老闆放聲大笑。

「別露出那種表情啦，葵，我並沒有想仿效白夜本人的意思。我是指用情至深這方面。簡單來說，慈愛也好嚴厲也罷，只要能讓孩子感受到背後的愛就好了。我也來立志成為不輸給葵的模範父親吧。」

大老闆握緊拳頭，下定某種決心。

接著他伸出手指替我拭去淚水。

我們凝視了彼此片刻，然後溫柔地覆上唇瓣。隨後他露出了能包容一切的溫柔微笑對我說：

「別擔心。正因為世上沒有永恆，才顯得每一個當下是多麼重要且燦爛。命運會走向何方，連我們自己都不知道——這樣不是很令人期待嗎？」

「大老闆……」

「無須擔心害怕，史郎還有律子夫人都會繼續從旁守護妳的未來的。」

「……」

我又回想起新年做的第一場夢。

爺爺在對面的河岸，說他過得很好。

如果律子夫人也乘著那艘小船抵達彼岸，想必她會在那邊守護著我們，並耐心等待吧，直到我們過去會合的那一天。

在那天到來之前，我還想繼續在這個名為隱世的世界裡，接受各種妖怪與時代洪流所帶來的激盪，保持堅強與勇敢的心志，同時倔強又柔軟地面對接下來的人生。

然後，假若我倆的家庭能在不久之後的未來迎接更多心愛的新成員，我想毫無保留地傾注母愛，就像我過去所渴望得到的。

一定沒問題的。因為在身旁伴我一生的夫婿，雖然是個性格天然的鬼男，卻擁有最寬廣的胸懷。

而我可是嫁來隱世的姑娘、津場木史郎之孫女，以及天神屋的鬼妻。

明天就暫且休息一天，然後繼續往前邁進吧。

為了成為更好的自己，讓在彼岸等待的重要人們引以為傲。

特典小說

『妖怪旅館、麵包與遺失物』

本作品為日本於二〇一八年七月～二〇一九年三月間發售之「電視版動畫妖怪旅館營業中 Blue-ray&DVD 一～九」之隨附特典、特製小冊中所刊載的新篇小說〈妖怪旅館、麵包與遺失物〉一～九篇內容，經過加筆與修訂後重新收錄。

《一》

這個世界被稱為隱世。

這裡是座落於隱世鬼門之地的妖怪旅館——天神屋。

我——津場木葵在這天神屋的中庭裡，經營著一間名為夕顏的小食堂。

今天適逢店休日，我一早便與銀次先生一起烤了大量的麵包。

有紅豆麵包、波蘿麵包、鹽味奶油捲、咖哩麵包與披薩麵包……種類不勝枚舉。

至於為什麼要烤一堆麵包，是因為我打算今天帶著這些去給天神屋的員工們探班。

起因始於昨晚大老闆來找我商量，問我能否做些食物來慰勞每日忙於工作的員工。

以前我曾烤過麵包，也受到妖怪們的熱烈好評。於是便趁這次機會試著製作各種不同口味，希望能多看看大家的反應如何。

「麵包剛出爐時散發的香味果然令人無法招架呢，真希望能快點讓大家嘗嘗。畢竟葵小姐做的麵包可美味了。」

銀次先生難掩興奮似地將剛烤好的麵包排放在大竹簍上。

「銀次先生喜歡哪種口味？不意外地還是最愛咖哩麵包嗎？」

我一邊炸著咖哩麵包，一邊隨口詢問他的喜好。

「這個嘛……咖哩麵包當然是我的心頭好，但這次製作的種類之中，我對『鹽味奶油捲』特別有興趣。因為從未嘗過這款。」

「喔喔，鹽味奶油捲喔。這幾年間形成一股風潮，如今已是相當普遍的口味呢。這麵包暗藏玄機喔！你看一下這個。」

我將牛角形狀的鹽味奶油捲從中間切成兩半，展示給他看。

「咦？原來裡面是空心的啊？我還以為中間會是柔軟蓬鬆的質地。」

「你還記得剛才做鹽味奶油捲時，中間有包入切成長條狀的奶油嗎？所以在經過烘烤後，裡面就會形成空心。不過你嘗嘗看，會有很驚奇的發現喔。」

於是我請銀次先生試吃看看切半的成品。

我也順便拿起另一半大口咬下。

「！」

想必他在品嘗第一口時，便會頓時明白我所強調的「暗藏玄機」是什麼意思了。

銀次先生三兩下便吃掉鹽味奶油捲。

「底部的口感很酥脆呢……然後裡面是滿滿的……奶油香氣。」

他似乎難以用言語表達感想，只能勉強如此陳述。

「呵呵，沒錯。包在裡面的大量奶油在烘烤時會滲進底部，營造出酥脆的口感。接著是一股撲鼻而來的溫醇奶油香與鹽味在口腔中擴散，這正是鹽味奶油捲的美味所在。」

「沒錯、沒錯，您說得對。畢竟是鹽味麵包，所以鹹大於甜，風味也令人驚奇。卻又如您所言，帶著一股溫醇感。雖然底部酥脆，但麵包本體仍充滿柔軟口感，讓人一口接一口，兩三下就吃完一整個。」

「這款麵包不但可以直接上桌品嘗，還可以經過創意變化，營造出更多樣的美味。你等我一下。」

我將鹽味奶油捲橫剖開，在空心的部分夾入萵苣葉、小黃瓜、番茄切片，還有起司、火腿與美乃滋……

「好了，鹽味奶油捲三明治完成！」

「太絕妙了！感覺更能將麵包的鹹味發揮到淋漓盡致！」

這道是很出色的輕食，風味有別於一般的三明治麵包，吃起來又有飽足感。

甜麵包當然也不錯，但要當正餐的話，鹽味奶油捲三明治是最佳的選擇。

由於我們也還沒吃午飯，便用這個三明治解決了一餐。

「除了這款三明治以外，鹽味奶油捲還能變化成甜餡麵包喔。比方說，加入豆沙餡就能做成鹽味奶油豆沙捲，鹹中帶甜，揉合成恰到好處的美味……」

「原來如此，鹽味奶油捲真是一門高深的學問呢。」

「這款麵包擁有無窮的潛力，希望以後能在店裡繼續研究其他新口味。」

就在我們探討著鹽味奶油捲的可能性之時——

「葵小姐～葵小姐～」
手鞠河童小不點爬上櫃檯蹦蹦跳跳，試圖吸引我的注意。
「怎麼啦？小不點，你也專程跑回來吃麵包啊？」
「呃～我對麵包也很感興趣沒錯，但重點不是這個。我在店門口撿到惹這樣東西。」
小不點把某樣物品抱在胸前。
那是一片薄薄的木板，形狀有點類似繪馬……
「啊！這不是天神屋的幹部證嗎？」
「幹部證？」
銀次先生從懷裡掏出了一模一樣的東西給我看。
「天神屋內有許多工作只有幹部層級才能執行。這是幹部行使特權時驗明身分用的證件，我也有一張相同的。想必是某位幹部成員弄丟了吧。」
「糟糕，那失主現在應該很頭大吧。」
「的確是。待會帶著麵包給天神屋員工探班時，逐一跟各位幹部確認吧。這樣應該就能找出失主了。」
「對耶，就這麼辦吧。」
於是我們帶著被遺落在店門前的幹部證，以及裝滿麵包的大竹簍，趕緊出發前往天神屋本館。

《二》

此時的天神屋還沒開門營業。

退房時間結束，距離傍晚開館還有一段空檔。我走在人煙稀少的旅館內，把所有員工聚集的地方繞過一遍，分發麵包給妖怪們。

「小老闆、小老闆～嗯？奇怪？小葵妳是怎麼啦？難得看妳這種時間出現在本館內。」

此時，擔任接待員的狸妖女孩春日，出現在員工來來往往的走廊上，朝我跑了過來。

她似乎有事要找銀次先生，但發現我也在身後，更發現到我手上的麵包，便目不轉睛地盯著看。

「春日，我正在發送麵包給天神屋的大家。妳想要哪種？」

「我可以拿嗎？太好啦，我正好有點餓了～」

「這些全是剛出爐的唷。」銀次先生遞出竹簍。春日湊了上去，一邊聞著麵包的誘人香氣，一邊煩惱著要選哪種好。

「每一款看起來都好好吃，真猶豫。我想吃甜的，妳推薦哪一款呢？」

「這個嘛……感覺春日妳不會排斥西式麵包，卡士達奶油麵包怎麼樣？卡士達奶油餡是使用大老闆去現世出差時買回來的香草精，加上食火雞雞蛋做成的唷。」

「是喔？這外觀看起來光滑又扁平，長得就像普通的麵包一樣耶，真的好吃嗎？」
「裡面的內餡可不得了喔，妳吃吃看就明白了。」
「既然小葵妳都這麼說了，那肯定沒錯。我就選這個！」
我隨即拿著慣用的木製麵包夾，夾起卡士達奶油麵包，並用自備的包裝紙包起來遞給春日。
今天的我就像是個行動麵包攤。
「我開動了～」
春日大口一張，咬下麵包。
「嗯！」香甜的奶油餡從軟綿綿的麵包裡滿溢而出，令她發出一聲驚呼。
「呵呵，那就是卡士達奶油餡喔。富含雞蛋的風味對吧？」
「嗯。入口即化又好香甜～」
我自己做的卡士達奶油餡，注重於呈現溫醇的蛋味，所以甜度壓得比較低。
尤其是食火雞蛋的風味特別濃厚，讓我順利完成理想中的卡士達醬。
「話說春日小姐，妳剛才好像有事找我……」
銀次先生指著自己。
「啊，對了對了，大掌櫃正在找您喔。他好像遇到什麼麻煩了。」
「嗯？難道是弄丟了東西找不到嗎？」
「不清楚，大掌櫃很反常地看起來手足無措。不對，某方面來說跟平常沒兩樣吧？啊，我必須先走了！」

春日咬著剩一半的麵包，匆匆忙忙跑上二樓去了。

我跟銀次先生面面相覷，彼此點了點頭。

想必就是擔任大掌櫃的曉弄丟了幹部證，正在傷腦筋吧。

於是我們前往下一個目的地——天神屋櫃檯大廳。

「啊啊，小老闆！我目前遇到了一些問題！」

不出所料，擔任大掌櫃的土蜘蛛——曉正在櫃檯前慌慌張張地等著銀次先生到來。

長得凶神惡煞，面對客人時卻笑容滿面的他，擁有「大掌櫃」的頭銜，也是天神屋幹部之一。

「嗯嗯，我都明白，曉。你的幹部證掉在夕顏店門口前了。你正在找這個對吧？」

銀次先生從懷裡掏出證件，一臉自信滿滿地遞到曉面前。

「啥？幹部證？」

然而曉卻一臉呆愣。咦……怎麼好像雞同鴨講？

「我的幹部證在這裡耶，小老闆。」

「這樣啊？」

曉從外褂內側掏出自己的證件示人。

銀次先生的表情似乎帶著些許遺憾……

「對了對了，小老闆！會計部要我們過去一趟！」

「咦咦咦！會計部嗎？」

「肯定是關於下個月的活動。去年成績差強人意，今年一定會對我們施加壓力的。」

「這、這下子……似乎需要先做好心理準備再出發了。」

會計部，簡單來說就是被會計長白夜先生點名過去囉。

曉不擅長應付白夜先生，所以才會如此慌張吧。

「啊，葵小姐，我現在要跟曉去一趟會計部。要送去各部門慰勞大家的麵包，還有幹部證的事情，可以交給您嗎？」

「當然沒問題，銀次先生，你們加油囉。啊，曉，你吃個麵包鼓起勇氣吧。」

我把竹簍上排列的麵包遞給臉色鐵青的曉。

「這算什麼啦。不過……麵包是吧，我正好也餓了。上戰場前至少先把肚子填飽吧。」

曉似乎把會計部認定為戰場。

好吧，也不是不能理解。

曉輕巧地拿起其中一個麵包，三口便吃得一乾二淨，然後與銀次先生一同離開現場。

曉吃掉的那個麵包是……

「味噌豬排三明治啊，求個旗開得勝……這樣的意思嗎？」

在熱狗麵包裡夾入厚實的味噌豬排與爽脆的高麗菜絲，分量十足的一款麵包。

好吧，吃完了味噌豬排三明治，就豁出去跟白夜先生硬碰硬吧……曉。

《三》

「我想想，接下來是……」

把麵包分送給櫃檯的妖怪們後，我爬上二樓，打算前往接待員的休息室。

「哇啊啊啊啊啊！」

「跑去那邊了啦！」

嚇我一跳。幾位接待員正在走廊上一陣手忙腳亂，她們手拿著掃把，不知道在追趕什麼東西。

我莫名產生一股不妙的預感，把手裡裝著麵包的竹簍蓋起來。

大家似乎正在試圖驅趕一隻誤入天神屋的大型飛蟲……

「真受不了！不過就是隻蟲子而已，妳們在驚慌失措什麼！一把抓起來然後放生到窗外不就得了。」

此時，阿涼登場了。

她似乎是被其他資歷較淺的接待員帶來的。接著她果斷地徒手抓起飛蟲，直接往外頭一扔。

真不愧是阿涼，膽識過人。

「噢，葵，妳在這做什麼……啊！妳帶了東西來！是什麼是什麼？」

「妳先去洗個手再說，阿涼。妳剛才徒手抓蟲不是嗎？」

我前往離這裡最近的接待員休息室。

阿涼則急忙跑去洗她的手。

趁這個空檔，我向其他接待員們推薦麵包口味。

「我想說做點食物來探班，就自己烤了麵包帶來，妳們自己挑喜歡的拿吧。」

「麵包！我聽說這是最近在妖都也掀起一股流行的現世料理。」

「好時髦的食物啊～」

接待員們都是年輕女孩子，對我的手工麵包也很感興趣。

就連化妝化到一半、衣服換到一半的接待員們，也一窩蜂地往我這裡聚集。看來大家都餓了呢……

「鹹麵包很適合當成輕食，忙碌時也方便拿著吃。還有甜麵包也很適合當小點心。」

「哇～好香的味道。」「看起來好好吃！」「真難抉擇～」

所有人都猶豫著該選哪款好。沒錯沒錯，挑選麵包正是最令人期待的快樂時刻呢。

就在此時，阿涼拔腿猛衝了回來。

「給我等一下！第一個挑麵包的人是我才對！把蟲子放生的可是我，這是理所當然的吧！」

「咦～」
身為老鳥接待員的阿涼推開年輕晚輩們，搜尋著目標的麵包。
「啊！找到了找到了，就是這個啦！玉米美乃滋口味的。」
「妳真的很愛這一款耶。」
阿涼平時就常來偷吃我的麵包，她特別中意的就是這個口味。
將顆粒分明的玉米與美乃滋拌勻後，放在麵包上烘烤而成——這款麵包口味簡單純樸，但香甜玉米粒與包覆在外的美乃滋酸味卻有著令人無法招架的魅力。
好吧，反正這款本來就有一半是為了阿涼而製作的。見她一直催促著「快點快點」，我便拿木夾夾取麵包，用包裝紙包起來後遞給她。
其他接待員則選了紅豆麵包與甘納豆麵包等經典款甜麵包。
畢竟這些都是在妖都受到歡迎的款式，口味吃起來也接近妖怪最愛的甜餡饅頭吧。
「對了。欸，阿涼，這是不是妳弄丟的？」
「嗯？這是什麼……幹部證？」
我拿出被遺落的證件，阿涼邊狼吞虎嚥吃著玉米美乃滋麵包，邊用斜眼瞪著我。
「妳是想找我吵架嗎？我已經不是女二掌櫃了好嗎？還不是因為某人來到這裡，害我被貶為一介接待員？」
「啊，對耶，但會被降職是妳罪有應得吧。」

「妳還真敢講耶，真是的。」

「都是因為妳剛才展現了深受晚輩們依賴的可靠一面，我才一時錯亂，以為妳還是女二掌櫃啦。阿涼妳如今仍具備幹部的氣場呢。」

「什麼氣場啦，真是的，妳們全都一個樣，在我面前裝得幼齒又做作。連隻蟲都不敢抓，是要如何勝任天神屋接待員這份工作啦。」

「呵呵……」

再怎麼說，阿涼仍保有身為天神屋接待員的尊嚴，以堅強勇敢的態度面對自己的工作。不愧是曾經坐過女二掌櫃位子的人。

「嗯～那這張幹部證到底是誰的呢？」

「說起來，這東西原本是掉在哪裡啊？」

「聽說在夕顏店門前，對吧？小不點。」

一聽見我的呼喚，那隻小河童便從我圍裙的口袋裡探出頭來。

「嗯～就是這樣沒錯，至於其他滴事情，我就一無所知惹。」

然後他悄悄暗槓了竹簍裡圓滾滾又充滿彈性的地瓜甜甜圈，又躲回圍裙口袋裡。不知道他是不是嫌麻煩，總覺得說明得有夠隨便啊……

阿涼把那張幹部證檢查了一遍。

「這不是女二掌櫃菊乃小姐，也不是女掌櫃的。菊乃小姐會把證件穿上繩子掛在胸前，至於女掌櫃，我不認為她是會弄丟幹部證的人。」

「這樣啊，那確定不是這兩人了。」

「啊～搞不是溫泉師靜奈的，她個性迷迷糊糊的，而且聽說時常為了尋找泉源而在中庭或後山那邊散步。」

「真的嗎？那我接著去一趟澡堂好了。謝啦，阿涼。」

「順便再給我一個麵包。」

「這可不行，規定好了一人拿一個。」

我甩開死纏著我直喊「再一個」、「再一個」的阿涼，離開接待員的休息室。

然後倉促急忙地前往天神屋內的澡堂。

《四》

「打擾了～」

我往澡堂溫泉師專用的休息室裡探頭窺視。

然後看見負責管理女性浴池的溫泉師靜奈，正與徒弟和音一起看著類似雜誌的刊物。刊物的封面色彩繽紛，十分醒目。

「噢，葵小姐，歡迎您光臨。」

「妳們在讀什麼呀？」

「隱世溫泉街導覽書，因為這本雜誌有介紹天神屋的溫泉。」

「哇～～原來隱世也有這種旅遊書，啊，天啊！上面寫著這裡是隱世溫泉人氣首選。」

雜誌內容是依據問卷調查結果，以排行榜的形式介紹各地溫泉，而天神屋的溫泉榮獲冠軍。據說這裡的溫泉療效與澡堂的環境整潔度都備受肯定。

「果真名不虛傳呢。泡了天神屋的溫泉之後，隔天起床確實會覺得神清氣爽、通體舒暢。」

「那當然囉，葵小姐！鬼門溫泉的泉質本身得天獨厚就不用說了，再加上天神屋還有靜奈大人出色的泉術加持。就連原本為腰痠背痛所苦，行動不便的撒砂婆婆，泡完溫泉隔天都能盡情撒砂，下樓梯時一次跨兩格都不成問題。我們的溫泉可不會輸給一般坊間的溫泉旅館！」

「好、好了啦，和音。不要太自傲了！」

「咦～可是人家句句屬實啊。」

先把生龍活虎過頭的撒砂婆婆話題放一邊，靜奈與徒弟和音的對話令我莞爾一笑。真是令人稱羨的師徒關係。

「況、況且……我這種等級跟師傅時彥大人相比，還差得遠了。」

然而，如今也身為人師的靜奈，卻一邊用食指畫著榻榻米地板，一邊緬懷起自己的師長。她口中的師傅正是折尾屋的首席溫泉師——時彥先生。

「啊，靜奈大人又開始放閃了。說起來折尾屋的溫泉是第五名耶～天神屋完勝他們啦。」

「咦，折尾屋第五名嗎？啊，真的耶。」

折尾屋是南方大地頗負盛名的旅館，也被認為是天神屋的頭號勁敵，但在「溫泉旅館」的排名中位居第五。即使如此，這成績也已經相當亮眼就是了。

「比起溫泉鄉，折尾屋的形象更偏向南島度假區吧。」

「嗯嗯，您說的對，葵小姐。論溫泉的水質，優秀的溫泉鄉比比皆是。但……能一邊欣賞美麗海景一邊享受溫泉，這種特別的體驗光憑泉質或泉術也難以達成。我想這正是折尾屋獨有的武器。」

有道理。

畢竟折尾屋的海景堪稱一絕，還有充滿南國風情的動人景觀。

即使缺乏溫泉鄉的特色，以度假勝地的形象也已凝聚夠多人氣了。

「對了，葵小姐。您身後的那些究竟是……」

靜奈與和音的目光被我後面的大竹簍深深吸引。

她們兩人直盯著竹簍上的麵包不放。

「對了對了，靜奈跟和音妳們餓不餓？我帶了麵包過來喔。」

「麵包！」

「太棒啦～我都已經餓扁了！」

「妳們要哪種呢？自己挑喜歡的口味拿吧。」

我趕緊向兩人介紹麵包，結果靜奈挑了披薩麵包，很符合她熱愛番茄醬的口味；和音則選擇了灑滿黃豆粉的炸麵包。

「披薩麵包加了大量以番茄醬為基底的批薩醬與起司製作而成，特色就在於麵包體口感蓬鬆柔軟，有別於一般披薩。上面還放了青椒圈、番茄切片與洋蔥絲一起烘烤，所以飽足感非常夠；黃豆粉口味的炸麵包在現世則是懷舊的營養午餐經典品項，麵包經過油炸後呈現外酥內軟的口感。我想妖怪們也會很愛的。」

兩人用充滿期待的眼神看著面前的麵包，吃了一口之後便默默咀嚼品嘗。

沒錯，她們一語不發地享受著美食。

看她們一臉幸福地吃得這麼香，真是太好了。不過，話說回來，我來這趟的主要目的是什麼來著？

「啊……啊啊啊啊！對了，我是來問靜奈有沒有弄丟幹部證啦！」

「您說幹部證嗎？」

見靜奈一頭霧水，我便把來龍去脈說明一遍。

她疑惑地歪著頭，緩緩打開休息室裡自己專用的櫃子，找尋她的證件。我微微瞄到她的櫃子裡塞滿了雜物……

「哎呀呀，我的幹部證……不見蹤影呢。」

「咦！那這張掉在夕顏店門前的證件，是靜奈妳的嗎？太好了～」

總算找到了失主。

原本我如此心想並鬆了一口氣，但和音邊吃著黃豆粉炸麵包邊說道：

「那個～靜奈大人的幹部證在這喔，您是不是忘記自己為了調整監視器而把幹部證插在這裡呢？靜奈大人。」

「咦？」

哎呀呀～沒想到尋獲失主的喜悅稍縱即逝。

這間休息室裡設有監控溫泉溫度與靈力含量的顯示裝置，似乎僅限擁有幹部證的人員進行調整，而靜奈的證件正好好地插在一旁的插口裡。

「……對耶！」反應慢半拍的靜奈握拳輕敲自己的手心。

原來如此，靜奈被認為性格迷糊，原來就是指這部分啊。

「唉～靜奈大人只要遇到跟溫泉有關的事情，明明都表現得可靠幹練，其他方面卻總是有點少根筋呢～」

「和、和音妳真是的！」

「不但房間髒亂，地底的研究室也一片狼藉，剛才瞄了一下櫃子裡也雜亂無章。」

「唔、唔唔……」

身為人師的靜奈被徒弟虧得體無完膚。

她難為情地用雙手掩面，熱燙的臉頰比平常還更加通紅。

「呃，好了好了，至少能確定這張幹部證不是靜奈的就好啦。這種時候就該用刪去法，逐一問過所有幹部最快啦！」

「啊，那請您也去問問負責男性浴池的首席溫泉師——沼十郎先生那位河童老人家吧。我想他應該正在溫泉外圍的庭院裡除草。」

「沼十郎先生……我沒跟他說過幾次話呢。」

沒錯，天神屋裡有位專門管理男性浴池的溫泉師，名叫沼十郎先生。

據說年事已高的他屆臨退休，但目前仍在第一線堅守崗位，是位德高望重的溫泉師。

由於平時不會去到男性浴池，所以我沒什麼機會跟他打照面，不知道對方是個怎樣的妖怪。

是說，我進去男湯沒關係嗎？

「澡堂現在還沒對外開放，您可以進去的。」

「也、也對呢。謝謝妳了，靜奈！」

於是，我出發前往男性浴池。

《五》

在靜奈的引路之下，我從溫泉師休息室通往建築物後方，來到僅限溫泉師通行的區域。

此行目的是為了會會那位老河童沼十郎先生，據說他正在男性露天浴池外圍的竹林裡除草。

沼十郎老先生與手鞠河童不同，屬於傳統的河童族。這種河童自古便存在於隱世，體型與人類差不多大。他們的特徵在於背殼呈現褐色，而我選擇的伴手禮也正好是顏色類似的麵包……

「您聽我說喔～我剛才發現惹四葉幸運草，我要送給河童老爺爺您～」

「嗯～謝謝你呀，小不點。」

「這顆漂亮滴小石頭也送給您，希望老爺爺您永遠健康又長命百歲～」

「嗯～謝謝你呀，小不點，那我送你一點糖果好啦。」

沒想到小不點也在場，嚇我一跳。

「小不點！你在這裡做什麼？」

「啊，葵小姐來惹～」

他一發現我便蹦蹦跳跳地跑了過來，並扒住我的和服，發出「嘿咻嘿咻」的吆喝聲努力往上爬，目標是他的專屬座位——也就是我的肩膀。

「不好意思，沼十郎先生，小不點有沒有打擾到您的工作……」

「嗯～沒關係的，史郎的小孫女，多虧小不點常跑來，替老夫排解寂寞呀。」

「沒錯，我也要成為老爺爺滴小孫子～」

看來小不點似乎頗受同為河童的沼十郎先生疼愛，兩人感情十分親密。他把剛拿到的糖果塞進嘴裡，臉頰鼓得圓滾滾的。

「沼十郎先生，請問您手上有幹部證嗎？」

「幹部證？我平常隨身攜帶喔，如果沒帶著，溫泉是無法出水的。」

沼十郎先生把掛在脖子上的幹部證拿給我看。

身為男性浴池的管理者，他是不可能弄丟證件的。

我把裝著菠蘿麵包的紙袋遞給他，順便當成感謝他平日照顧小不點的謝禮。

聽說他喜歡甜食，所以我選了黑糖口味的菠蘿麵包。麵包體與酥皮的麵糰裡都添加了黑糖，外觀呈現淡淡的褐色。酥皮上的粗顆粒黑糖吃起來沙沙的，口感十分新奇，並且帶有黑糖特有的濃烈風味與甜味，令人一吃就上癮。

「哇～～是菠蘿麵包，是河童滴背殼！」

「被你這麼一說的確是呢。一般的印象都是龜殼，但在隱世改稱為河童的背殼，或許比較受歡迎。」

小不點的食欲似乎也受到激發，跟著想吃菠蘿麵包。由於我把裝麵包的竹簍放在溫泉師休息室，正打算折返之時……

「咦？小姐！」

「……咦？」

尚未對外開放的露天浴池裡，竟然已經有客人先進來泡了！

而且還是折尾屋的大掌櫃葉鳥先生與小老闆秀吉！

「哇啊啊啊啊啊啊啊啊啊啊啊啊！」

「「哇啊啊啊啊啊啊啊啊啊啊！」」

雖然他們腰間纏著存在感若有似無的薄澡巾，但兩個光溜溜的男性裸體近在面前，讓我發出了粗獷的尖叫聲並轉過身去。話說，葉鳥先生跟秀吉的尖叫反而還比我少女多了。

「葵小姐沒事惹～不堪入目滴裸男們已經泡進澡池裡惹。」

小不點用犀利的口氣提醒我，於是我小心翼翼地轉回身子。

汲取自天神屋地底的濁紅色溫泉裡，露出兩顆天狗與猴子的腦袋瓜。

「你、你你、你們兩個為什麼會出現在這裡啊！」

「呃，哈哈哈～～唉呀，其實折尾屋今明兩日休館，亂丸好像說有事找你們大老闆還是怎樣的，就來天神屋住宿兼視察敵情，而我跟秀吉也一起跟來了。然後大老闆要我們在開放時段前過來泡溫泉，所以就……」

「是說，我才要問妳怎麼會在男性浴池啊！按道理來說，妳出現在這裡才比較讓人匪夷所思吧！」

呃，的確是。

葉鳥先生露出一如往常的親和笑容；秀吉則泡好泡滿，只露出肩膀以上的部位，警戒心全開地瞪著我。

「我、我只是來找沼十郎先生，確認他有沒有弄丟幹部證而已啦。不知道是誰把證件遺落在夕顏店門口了。」

「幹部證？」

葉鳥先生與秀吉望向彼此，然後異口同聲地「啊～」了一聲。

「原來啊。嗯嗯，這麼一回事是吧。」

「什麼？」

「記得那傢伙好像正為了弄丟幹部證而一個頭兩個大呢。」

「咦？」

沒想到在這種地方獲得了重大情報。然而他們兩人卻只顧著默默偷笑，不肯告訴我失主到底是誰。

「你們賣什麼關子啦。都已經透露這麼多了，直接告訴我是誰啊。我晚點帶著冰淇淋夾心波蘿麵包送去客房給你們吃就是了。夕顏店裡正冰著牛奶冰淇淋呢。」

「啊～那就成交吧。其實我們來泡溫泉之前，先去了一趟地底工廠拜會砂樂博士啦。就是他說自己弄丟了幹部證，正傷腦筋呢。」

「砂樂博士？」

接著，連秀吉都開口補充……

「那隻千年土龍，為了找證件不惜整個人趴在地上。妳快去幫幫他吧，津場木葵。還有，以後別再來男湯偷窺了啊。呿呿呿！」

「誰跟你偷窺啦！」

不過，總算得到了有力的情報。
接下來就去一趟地底工廠吧，這證件的主人有很高的機率就是砂樂博士。
但他怎麼會把這落在夕顏門口？
平時都把自己關在地底工廠的他，幾乎沒什麼機會來到店裡的。

《六》

我前往的下一個目的地，就是天神屋的地底工廠。
「這裡還是一樣昏暗呢。」
「葵小姐會怕嗎？我會緊緊抓住您滴，不怕不怕～」
「對呀。有小不點在，我不會害怕啦。但好像有一股微微的腥味……」
天神屋的地底區域，負責生產旅館自製的土產紀念品與客房內放置的備品。
工廠裡面的工人是一群嬌小的鐵鼠，然而……
平常這裡總是持續製造著大受歡迎的梅肉仙貝，如今卻空無一人，安靜得沒有任何聲音。小鐵鼠們明明應該正忙著工作才對啊。
「奇怪，鐵鼠們是去哪了。難得我特地帶了麵包過來，想說他們應該會喜歡的。」
我這次還烤了小圓餐包，麵糰裡添加了奶油乳酪與核桃，原本想給鐵鼠們嘗嘗。

穿過寂靜的廠房，我前往造訪開發部長——砂樂博士的研究室。

砂樂博士的真身是一種名為千年土龍的妖怪。

他本人正匍匐在研究室桌面之間的地面，慌張地四處打轉。他用手撥著雜物散亂的區域，那模樣真的很像土龍。

「啊～怎麼辦咧～啊～怎麼辦咧～少了那玩意兒，廠房都無法運作啦～」

「砂樂博士，你好呀。」

「嗯？這聲音是小嬌妻？」

他抬起臉，一邊推著墨鏡一邊東張西望。

我走進他視線範圍內。

「博士，你好像在找什麼東西。」

「對對對！我不小心搞丟了自己的幹部證呢。沒有證件就無法啟動地底工廠的系統了，機器跟輸送帶都動彈不得，所以鐵鼠們就說『現在也幹不了活，我們就先回去了吱』這樣。」

「博士你聽我說，其實你弄丟的那張幹部證就在我這裡。你看！」

我心想總算找到了失主，從懷裡掏出證件給砂樂博士看。

「哇～這怎麼會在小嬌妻妳手上？算了不重要，太好啦太好啦，這樣一來工廠就能恢復運作了～」

砂樂博士滿心歡喜地接過幹部證，便馬上拿著證件前往隔壁廠房。

「奇怪？」

然而，把那張幹部證插入機器的插口內，輸送帶卻依然毫無動靜……

「嗯嗯嗯～這是怎麼回事咧？啊，這張不是我的！」

「咦！」

「我的幹部證應該更破舊才對耶。因為頻繁插拔的緣故，上面充滿刮痕。」

如今我才發現，這張幹部證的確完好如新。

可是這樣的話，那砂樂博士的證件又跑去哪裡了？

「葵小姐！原來您在這裡，請問找到幹部證的失主了嗎？」

此時，銀次先生正好趕來地底工廠。

剛才被會計部叫過去的他，或許已經處理完那邊的事了吧。

「銀次先生你聽我說，其實……」

我向他說明了事情經過。

「所以小不點撿到的這張幹部證，也不是砂樂博士的對吧？那麼博士的證件到底在哪裡？」

銀次先生手扶著下巴思考。

「或許有人把砂樂博士的幹部證誤認成自己的，然後帶走了吧。」

「唉～若真是這樣，又要從頭問起了。話說銀次先生你的證件沒問題吧？」

「是，我的幹部證是我本人的沒錯。請您看看！前陣子我在房間裡不小心踢飛它，結果撞到牆壁就缺了一角。」

「真、真的耶。……是說，你的保管方式還真粗魯耶。」

我把後半句說得特別小聲。

銀次先生這人，平常表現得充滿紳士風度，言行舉止中卻能不時窺見他淘氣的大男孩本性。

接下來，我詢問了砂樂博士最後一次見到自己的幹部證是何時。

「嗯……其實我昨晚還帶在身上。啊，這麼一說才想起來，大老闆跟白夜昨天來到這座地底工廠，跟我開了一個小型的報告會議。當時要前往地下最底層，需要我們三人的幹部證……或許就是那時搞丟了。」

雖然很好奇「地下最底層」這個充滿謎團的區域，但重點是終於找到線索了。

我所撿到的幹部證，有可能屬於大老闆或白夜先生所有。

然後他們其中一個人的手上，可能正握有砂樂博士的證件。

但一路奔波到這裡，我已經有點累了，便跟砂樂博士與銀次先生在研究室裡暫歇片刻。

「對了，銀次先生，你剛才跟白夜先生在一起對吧？他看起來狀況如何？」

我一邊大口吃著伍斯特醬口味的炒麵麵包，一邊詢問銀次先生。

「沒、沒怎麼樣呀，還是一樣嚴苛無情。下個月的活動，由於正逢淡季的關係，往年的來客數都不太好看。今年正考慮與折尾屋推出合作企劃，但預算上需要跟會計部努力爭取，所以目前正在接受全方面的嚴格審核。」

銀次先生吃著包了半顆蘋果的蘋果派，同時回答我。

不過終於搞懂了，所以折尾屋一行人才會來到天神屋囉。

「白夜他經歷過早期天神屋資金短缺的困苦時期，所以對錢這方面特別嚴格呢。掌握館內財政的他，有『大老闆的老媽子』、『天神屋財務大臣』這些稱號呢～」

砂樂博士一邊品嘗著巧克力螺旋捲，一邊配著熱騰騰的濃綠茶。

「啊啊，或許這張幹部證真是白夜的。他跟我不一樣，個性一板一眼又神經質，想必也很細心呵護幹部證。」

原來如此。於是，我跟銀次先生立刻動身，回到地面上去找白夜先生。

明明不是鬼族，卻比鬼還令人聞風喪膽的會計長。但願他今天心情不錯……

啊啊，不過既然對方是白夜先生，麵包或許是不錯的道具。

畢竟這可是那群小傢伙最愛吃的東西嘛。

《七》

我動身前往天神屋後山裡的竹林。

沒意外的話，應該會在這裡遇見那群可愛的白色妖怪，還有另一隻駭人的白色妖怪……

「欸～白夜大人～今天我們來玩一二三木頭人嘛～」

「說什麼傻話。你們也別只顧著玩樂，偶爾也該勤勉工作與求學。」
「我們的工作是什麼呀～」
「比方說順毛嗎～」
「什麼是求學～」
「學會撒嬌，跟人家討好吃的東西的意思～」
「才不是，你那叫做裝可愛。」
「欸～白夜大人，給我們飯吃～」
管子貓前一刻還吵著白夜先生陪玩，現在又開始討飯吃，在白夜先生身上蹭呀蹭地，實在是一群擅於撒嬌的做作小傢伙。
而白夜先生也以寵溺回應他們，像鬼一樣冷酷無情的會計長已不知去哪了。他將一隻隻管子貓抱得緊緊的，享受毛茸茸的觸感，破天荒地展現出滿滿的愛情。
「白夜先生，你果然在這裡。」
「唔哇啊啊！」
我靜悄悄地從竹林中現身，白夜先生誇張地把身子後仰，大吃一驚。
「葵、葵妳從何時就在這裡了？」
「我剛剛才來的。放心，我只看到白夜先生你雖然明知管子貓在裝可愛，仍難以抗拒地寵溺他們這一段而已。」

「那幾乎等於目睹全程了啊！」

白夜先生清了清喉嚨，重新打起精神。他將閉合的摺扇抵在嘴邊，一臉狐疑地望向我。

「所以妳跑來這裡所為何事？葵。」

「我有件事想跟你當面確認，目前有個傷腦筋的小狀況……」

「啊，是葵大人～」

「有一股好香的味道～」

「麵包～是麵包耶～」

在我切入正題之前，管子貓便朝我聚集而來，也順便對我手裡的竹簍所散發的香味很感興趣。

「你們不要表現得這麼貪吃了——給我排排站好！」

白夜先生狠狠訓斥了管子貓們一頓，像往常一樣命令他們列隊。

然而管子貓群仍用眼神緊盯著竹簍，讓我有點害怕。

「呃……那個，白夜先生，我想跟你確認一件事。這張幹部證是不是你的？」

「幹部證？」

我向白夜先生交代了至今為止的一切經過。

關於某人的幹部證遺落在夕顏店門前，然後砂樂博士正巧也遺失了幹部證，但這張卻不是他的。

「原來如此，事情原委我明白了。讓我看看那張證件。然後……管子貓們一臉等不及的樣子，拜託妳分點麵包給他們。」

「哈哈哈，嗯嗯，我明白啦。」

白夜先生還是一樣對管子貓充滿溺愛。在我分送麵包給管子貓群的同時，他推起臉上的單邊眼鏡，仔細地檢視我剛拿給他的幹部證。

那副單邊眼鏡到底是什麼用途來著？老花眼鏡？

「好吃好吃好好吃～」

「這個麵包軟綿綿又濃醇香～」

我發給管子貓群的是添加大量牛奶製作而成的甜麵包，他們很捧場地吃得津津有味。

「葵，先告訴妳，這並不是我的幹部證。我手上有一張自己的。」

「咦！」

又猜錯了，我還以為一定是白夜先生的。

「這張恐怕歸大老闆所有。」

「咦，你怎麼知道？」

「妳瞧瞧證件的側面。證件的側邊顏色各有相對應的發行時間。這張是紅銅色，是最新發行的一版。幹部證最新一期的發行紀錄裡，只有大老闆一個人。因為他原本那張太舊了，所以由我替他進行申辦手續，重新發行一張新的。」

「喔～原來是這樣啊。但大老闆為什麼會弄丟這張呢？而且還掉在夕顏旁。」

「這只能問他本人了。大老闆雖然身為天神屋優秀的大家長，但常迷迷糊糊地少根筋，掉東西也不是多稀奇的事。」

「果、果然是這樣……其實我從以前就隱約察覺到了。」

關於大老闆的這種性格，就連身為舊識的白夜先生也搖頭直嘆氣。他眉間的皺紋訴說著自己多少次為了處理對方的遺失物而勞心費神。

「好了，妳快把這帶去給他吧。幹部證在許多場面都很重要，他沒多久之後就會碰到問題而手足無措了。」

「大老闆手足無措的模樣，我倒是有點想看看耶……」

不過，他說得也對。

要是遇上問題就不好了，我得趕緊把證件拿去給大老闆。

「白夜先生，謝謝你。你也拿個麵包吧，當作答謝你幫忙。」

我包在包裝紙裡遞給他的麵包，是加了豆腐的抹茶馬芬。

「這是什麼？」

「你喜歡豆腐沒錯吧？用豆腐來取代雞蛋，能做出更健康又鬆軟清爽的馬芬。我想你應該會愛。」

「哼。好吧，就當成配茶的點心。」

白夜先生的反應依舊冷淡，但至少還是收下來了。
見他似乎還要稍作停留，繼續與管子貓共度療癒時光，我便立刻離場，不再打擾他們。

《八》

「噢？怎麼回事？我竟然打不開自家的內廳。」
「喂，大老闆，你在磨磨蹭蹭什麼啦。」
「呃，你先等一下，折尾屋的大老闆。真奇怪了，平時用這個就能打開了啊。」
大老闆正在通往內廳的走廊上，準備前往召開祕密會議的專用空間。然後不意外地，他在門口前手足無措了。
內廳的入口應該深鎖，所以他正拿著幹部證，對著設置於拉門旁的插口插了又拔。亂丸則一臉無語地在旁邊看著……
「問題應該出在大老闆你手上那張幹部證，並不是你自己的啦。」
「噢噢，葵！真巧呢，妳怎麼會出現在這裡？」
「因為我知道你現在手忙腳亂的原因是什麼。」
我把我帶來的幹部證直接遞到大老闆面前。
他用眼神比對著這一張證件與自己手中的另一張，然後突然發出「啊啊！」驚呼，似乎回想起什麼。

「對了！我的幹部證更新了！」

「想這麼久？你現在才發現？大老闆，你這人有時候真的少根筋耶……」

隱世的妖怪們應該沒料到，天神屋的鬼神會犯這種失誤吧。

同樣身為八葉的亂丸似乎也對於大老闆的脫線性格很意外。

「真是的。受不了耶，天神屋的大老闆這副德性看了真讓人抓狂。」

「啊，亂丸，好久不見了。我剛才跟我們家的溫泉師一起看了雜誌的溫泉旅館特輯，折尾屋登上排行榜第五名喔。不過榜首是天神屋就是了。」

「吵死了，我們家的主打賣點又不放在溫泉上。我們可是坐擁海景的渡假勝地，跟俗氣的天神屋才不一樣。」

我們一見面還是少不了互相挖苦。不過，很高興看他過得似乎挺好的。

「抱歉抱歉，我竟然犯了這種錯誤呀。哈哈哈。」

大老闆搔搔後腦勺，輕輕地笑了。在敵對旅館的老闆面前如此失態，他仍一副若無其事的態度。

「不過，那我手中的這張證件，到底又是誰的呢？」

「大老闆你剛才插的那張幹部證，是砂樂博士的。他說現在地底工廠全面停擺，鐵鼠們因為無法上工，就下班回家啦。想必到了明天或後天，天神屋就會出現土產供應量不足的狀況了。」

「這樣啊，難怪。砂樂的幹部證也夠舊了，跟我的差不多，所以才一時搞錯了吧。其實我手上這張證件，是在地底研究室工作的溫泉師們撿到的，剛剛才送來我這裡。因為我正好也搞丟證件，才會把這張誤認為自己的。原來我的那一張是掉在葵那邊啊。」

好吧，至少總算釐清幹部證的擁有者是誰了……

「話說，為什麼大老闆你會把證件掉在夕顏門口？」

「今天早上我為了見妳而跑了一趟夕顏。因為聽說員工們固定會去妳那邊吃早餐，所以心想我應該也差不多可以過去了。想必就是那時候弄丟的吧。」

什麼差不多可以，你隨時要來都可以啊……

大老闆因為自身立場，至今都一直替員工們有所顧慮吧。

「抱歉，結果你今早在店裡沒見到我對吧？因為小鐮鼬們叫我過去找他們拿蔬菜。你記得吧？他們在後山有一片農地。」

「哦？看來妳跟擔任庭園師的那群孩子處得挺好的嘛。」

「嗯嗯。啊，對了，也得把麵包發給他們才行。有一部分是特地為了他們而做的。」

「麵包？」

「沒錯，我烤了好多麵包。不過沒有大老闆的份呢，因為剛才經過竹林時全被管子貓給吃掉了。」

「咦……」

「大老闆，別露出一張擺明大受打擊的表情嘛。夕顏店裡還有吐司，我用那個幫你做點好吃的。你待會願意過來一趟嗎？」

「當、當然好！啊啊，太好了。我還以為自己吃不到葵做的麵包了……」

大老闆鬆了一口氣。

為了麵包又喜又憂的他，實在不像鬼該有的作風。看起來一點都不鬼……

「喂，你們少把客人晾在一旁，自己打情罵俏起來了。」

「啊，抱歉，亂丸……」

我們無視亂丸，自顧自地越聊越起勁，讓他臉上無言的表情更加無奈了。

大老闆從我手中接過幹部證後，便直接送入插口內，開啟內廳的拉門。

他請亂丸先進入內廳，自己也打算隨後進入。離去之際，他將歸還砂樂博士幹部證的任務託付給我，然後在我耳邊低聲說：

「葵，一小時後我會去夕顏找妳。」

證件的失主已經真相大白，總算讓我暫且放心。我拿著原本在大老闆手上的砂樂博士幹部證，帶去地底工廠。

留在地底工廠的砂樂博士與銀次先生，正在進行不需機器也能完成的工作。幹部證物歸原主後，廠房也開始恢復運作了。

廠房一開始運作，鐵鼠們便從牆上的洞裡探出頭，直喊著「上工囉、上工囉」並急忙動身。看來這邊的危機也解除完畢了。
我便偕同銀次先生一起回到夕顏。
「不過話說回來，我真沒想到那張幹部證會是大老闆的。」
「很搞笑對吧？大老闆他還慌得手忙腳亂。」
「呵呵，有點可惜我沒親眼目睹到大老闆的慌張模樣呢。對了，葵小姐您在做什麼呢？」
「把吐司切邊後浸泡在蛋液之中。蛋液是由生蛋、砂糖與牛奶調配而成。我想做這個給大老闆吃。」
「這、這個？」
「對呀，等吐司吸飽蛋液，還要拿去煎到焦香啦。成品的口感軟綿綿又入口即化，簡直有如魔法般美味。也想請銀次先生試吃看看呢。」
銀次先生還是沒有意會過來我在做的是什麼料理。
我打算做的這道甜點，現在要先等麵包充分吸收蛋液，才能讓成品更添美味。
那麼，不知道大老闆會不會喜歡呢？
「啊！差點忘了，我答應葉鳥先生跟秀吉，要送冰淇淋夾心波蘿麵包到他們房裡。」
「交給我跑一趟吧，我也想順便跟折尾屋的各位打聲招呼。」
「那就拜託你了，銀次先生，順便連同亂丸的份也幫我送去好嗎？」

我將三份夾著冰淇淋的小巧波蘿麵包盛裝在和菓子專用容器，營造高雅的擺盤，並附上保冷用的冰柱女冰片。

最後由曾為折尾屋一員的銀次先生，貼心地幫我送去折尾屋一行人所下榻的房間。

見他如今已能敞開心胸與昔日的夥伴連絡感情，我也十分欣慰。

《九》

「葵殿下～請問您找在下有事嗎？」

「啊啊，佐助，你來得正好！就是呀，我用你們早上送我的洋蔥烤了洋蔥麵包。我想請那群小庭園師們嘗嘗。」

「那麼，在下這就把他們叫來是也！」

佐助在夕顏門口吹響口哨，小鐮鼬們便乘著風逐一來到現場。

「各位，今天早上多謝了，託你們的福我才能烤出美味的洋蔥麵包。大家來嘗嘗吧。」

「哇～太開心了是也。」

所謂的洋蔥麵包，是將炒過的洋蔥絲與培根作為餡料，比照蛋糕捲的做法，用麵糰捲成圓柱狀，再切成一片一片烤至焦香。

口感鬆軟的麵包體，搭配螺旋狀分布的洋蔥甘甜與培根鹹香，是最棒的滋味。

「咦，佐助你不吃嗎？」

佐助似乎是顧慮到弟妹們，所以忍著不伸手拿麵包。

「在下也可以吃嗎？」

「當然，你一直幫忙守護夕顏的安全呀。」

「在下感激不盡是也，葵殿下！」

他總算露出雀躍的表情，拿起洋蔥麵包。

佐助在小鐮鼬面前總是扮演獨當一面的兄長，但跟弟妹一起大口吃著麵包的模樣好惹人疼愛，果然是妖怪之中讓我最想收為弟弟的第一人選……

「啊，你們等等，我這裡還有剩很多其他種類的麵包，也儘管享用吧。有章魚燒麵包啦、葡萄乾麵包啦，還有鹽味奶油捲。搭配剩下的豆沙餡與奶油夾著吃也很美味喔～」

「哇～太開心了是也。」

小庭園師們與王牌庭園師佐助坐在榻榻米包廂，鼓起的雙頰裡塞滿了麵包。他們在天神屋之中負責高度勞動的工作，食量個個都很大。剩下的大量麵包看來會被一掃而空。

「葵、葵，我來囉！」

「呃～葵小姐，大老闆正在店門口努力地刷存在感。」

「啊！」

剛才去送麵包給折尾屋一行人的銀次先生，似乎與大老闆一起回到了夕顏。我沒有忘記大老闆要過來，只是看著鐮鼬們的吃相而一時太入迷。我一臉若無其事地跑了過去。

「大老闆，歡迎光臨。我已經準備好囉。」

「我也滿心期待了好久，這一個小時努力把工作拚完囉。」

「真是太好了，大老闆。這次與折尾屋的交涉想必會十分順利吧。」

銀次先生替大老闆拉開吧檯席的椅子。

大老闆興沖沖地入座，露出難掩期待的表情看著吧檯內側的我。

被他這樣盯著不放，有點緊張耶。

「那個，我想請大老闆享用的料理，就是法式吐司。」

「法式吐司！以前我在現世飯店下榻時，曾經看過這道料理出現在早餐的自助吧呢。我非常好奇味道，但當時趕時間就沒吃到了。」

「是喔？那正好呢。我先將吐司浸泡在以雞蛋、砂糖與牛奶調配的蛋液之中，然後再用奶油來煎。」

「哦？雞蛋加上奶油，想必很美味吧。」

大老闆與在一旁待命的銀次先生對看一眼，然後露出滿面笑容。

接下來只需要在平底鍋內放入奶油待其融化，將吐司下鍋煎至兩面焦黃即可。

這股誘人香氣讓所有人都為之驚豔，挑逗著他們的好奇心。

「好了，大功告成。軟呼呼的法式吐司上桌囉。甜度我做得比較清淡，可以依照個人喜好淋上蜂蜜享用。」
「剛起鍋的香氣真令人無法招架呢。我要開動了。」
大老闆雙手合十後，稍微淋上一點蜂蜜，熟練地使用刀叉將法式吐司送入口中。雖然附的飲料是綠茶這點讓我感到有些抱歉，但他仍稱讚兩者搭配起來意外地對味，吃得津津有味。
「這口感實在太滑順柔軟，一入口就化開，三兩下就要吃完了。總覺得有點捨不得呢。」
「我隨時都能再做給你吃啊，反正又不需要使用到多高級的食材。」
「那我得去現世幫妳採購做麵包的材料回來才行呢。說起來，夕顏使用的烤窯本身適合烤麵包嗎？」
「這點你大可放心，大老闆。店裡的烤窯搭載了最新型的妖火設備，可以自由設定預熱溫度。在烤麵包時，會先調整至適當溫度再送進去烘烤，成品的效果很好。」
「喔？是銀次先前堅持要裝的那個設備是吧。」
「嗯嗯，由於要價不斐，葵小姐能如此善加利用，我是再感激不過了……」
夕顏原本屬於小老闆銀次先生的管轄範圍，最初的規劃是請其他廚師來開餐館。然而，這裡地處鬼門中最不吉的方位，開店之路災厄連連，計畫飽受挫折。
就在此時，我來到了天神屋，原封不動地接收這間夕顏裡的所有設備，開了一間小食堂。這正是我在隱世的「起點」，如今已成為令人懷念的一頁回憶。
「當時大家全～都對我冷眼以待，讓我孤立無援。啊，銀次先生倒是對我關懷有加，而大老闆卻很冷酷無情呢。」

我吐露了當年的怨言，結果大老闆卻不知怎麼地笑了，還笑得很誇張。

「欸，這不是好笑的事吧，你都不知道我當時有多寂寞。」

「沒有啦，抱歉了，葵。唉喲，畢竟我做鬼要有鬼樣嘛。」

「這什麼啦。」

「我想測試看看妳面對妖怪惡意的忍耐極限到哪裡，才能判斷妳往後能否在這個隱世生存下去。」

「……」

「不過呢，後來證實了其實不需要多慮。對吧銀次？」

「是的。葵小姐擅自適應了這邊的環境，又擅自拉攏了妖怪的心，現在自由自在地享受著隱世生活。這部分跟史郎殿下真是如出一轍呢。」

「一點都沒錯。別說害怕妖怪了，他們反倒把妖怪玩弄於股掌間，搶盡所有風頭。」

「欸，怎麼又提起爺爺？我可不覺得自己有像他那般惡名昭彰。」

「的確，葵妳用料理治癒妖怪，這一點跟史郎完全相反。葵不是別人，是獨一無二的妳。」

大老闆瞇起眼，用充滿感慨的口氣訴說。接著又補充——

「妳一路以來相當努力呢，葵。夕顏已經是天神屋的一部分了，不光是上門的顧客，也是員工們的喘息空間。這間夕顏與天神屋裡的大家，今後也拜託妳多多照顧了。」

「大老闆……」

這番話語深深感動我的內心，讓我欣喜無比。

大老闆願意認可這間店，並將其視為天神屋的一部分。

「嗯嗯。我今後也會繼續在夕顏全力以赴的！」

後記

各位讀者朋友，好久不見。我是友麻碧。

這本《妖怪旅館營業中》的後傳作品，讓各位久等了！

本系列作品的正篇已在第十集畫下句點，第十一集則是將正篇完結後的劇情發展，以十二個月的短篇形式所集結而成的後傳作品。

我抱持著「短篇就能讓眾多角色登場了！」的念頭，放手盡情創作。睽違許久地重新沉浸於妖怪旅館的世界中，與角色們進行交流，讓我感到無比懷念。人物的成長、天神屋的轉變、持續進展的關係性、與彼世的連繫，以及各種相遇與離別……諸多豐富的插曲，得以一次集結於後傳中。

不知道這算不算是久違執筆時才會出現的小意外，創作期間發生了「角色的性格好像有所不同」、「連第一人稱都變了」這些狀況。不過，很難得獲得這次機會，可以向各位讀者交代各個角色在正篇結局後的去向，因此這部作品的完整度令我自己相當滿意。

此外，本次也一併重新收錄了電視版動畫 Blu-ray 與ＤＶＤ隨附的特典番外篇小說。以時間序來說，本書內只有這篇特典小說是發生在正篇內的故事，還請各位閱讀時多加留意。這裡也讓天神屋所有角色全數登場，是我個人很喜歡的一篇故事。希望各位能一邊感受時光的更迭，一邊品味本書。

接下來是感謝時間。首先是責任編輯。本次《妖怪旅館營業中》第十一集也承蒙您的照顧了。您的那句「小不點現在變成小不點先生了」的評論非常絕妙！

再來是插畫家 Laruha 老師。久違地拜見老師的畫作，我深感榮幸！與第一集互為對稱的構圖令我內心澎湃，老師描繪的大老闆果然還是帥氣迷人！感謝您再次擔綱本集的封面設計。

最後是喜愛《妖怪旅館營業中》的各位讀者朋友。

感謝各位一如既往地支持本次的後傳作品！

我會持續努力，希望未來有機會為大家呈獻後傳之後的故事。今後也請耐心地守護這部作品了。

那麼，期待有朝一日能與各位再相逢。

友麻碧

國家圖書館出版品預行編目資料

妖怪旅館營業中．十一，在天神屋的四季流轉 / 友麻碧著；蔡孟婷譯．-- 一版．-- 臺北市：臺灣角川股份有限公司，2021.08

面；　公分

譯自：かくりよの宿飯．十一，あやかしお宿の十二ヶ月

ISBN 978-986-524-705-8(平裝)

861.57　　110011002

輕文學 Light Literature

妖怪旅館營業中　十一　在天神屋的四季流轉

原著名＊かくりよの宿飯 十一　あやかしお宿の十二ヶ月

作　　者＊友麻碧
插　　畫＊Laruha
譯　　者＊蔡孟婷

2021 年 8 月 26 日　一版第 1 刷發行

發 行 人＊岩崎剛人
總 編 輯＊呂慧君
編　　輯＊林毓珊
美術設計＊李曼庭
印　　務＊李明修（主任）、張加恩（主任）、張凱棋

台灣角川

發 行 所＊台灣角川股份有限公司
地　　址＊104470 台北市中山區松江路 223 號 3 樓
電　　話＊（02）2515-3000
傳　　真＊（02）2515-0033
網　　址＊www.kadokawa.com.tw
劃撥帳戶＊台灣角川股份有限公司
劃撥帳號＊ 19487412
法律顧問＊有澤法律事務所
製　　版＊尚騰印刷事業有限公司
I S B N＊ 978-986-524-705-8